Marco Rota

Cache Hunters

Die Jagd nach den sieben Siegeln

SCM

Stiftung Christliche Medien

Der SCM Verlag ist eine Gesellschaft der Stiftung Christliche Medien, einer gemeinnützigen Stiftung, die sich für die Förderung und Verbreitung christlicher Bücher, Zeitschriften, Filme und Musik einsetzt.

© 2017 SCM-Verlag GmbH & Co. KG, 58452 Witten
Internet: www.scm-verlag.de; E-Mail: info@scm-verlag.de

Umschlaggestaltung und -Illustration:
Dietmar Reichert, Dormagen
Satz: Christoph Möller, Hattingen
Druck und Bindung: Finidr s.r.o.
Gedruckt in Tschechien
ISBN 978-3-417-28773-8
Bestell-Nr. 228.773

Inhalt

Wenn du beim Lesen über Wörter stolperst, die du nicht kennst, schau doch mal in den Begriffserklärungen nach!

Eine große Entdeckung

Kabuki hörte die sirrende Fahrradkette und umklammerte fest den Lenker, als er über den holprigen Weg fuhr. Der Fahrtwind blies durch seine Locken.

Ja, so fühlte sich Freiheit an! sechs Wochen Sommerferien, ohne Stunden im grauen Betonbunker namens Schule abzusitzen. Ohne die zeitraubenden Hausaufgaben, die ihn wie ein Sklave an den Küchentisch fesselten.

Er wechselte in den lang ersehnten Ferienmodus. Endlich hatten Natu und er genug Zeit für ihr Hobby Geocaching*. Sie liebten es, auf elektronische Schatzsuche zu gehen. Die Koordinaten dafür fanden sie im Internet auf Geocaching-Webseiten. Und dann hieß es: Raus in die Natur oder auch ins Stadtzentrum, um »Schätze« zu finden, die andere Geocacher versteckten. Es machte Spaß, solche Caches zu suchen. Und heute hatten sie eine echte Chance, einen Cache als Erste zu entdecken!

Kabuki blickte nach hinten und sah Natu, der hechelnd und mit beschlagener Brille versuchte, mit ihm Schritt zu halten. »Beeil dich! Sonst ist Weihnachten, bis wir unser Ziel erreichen und unseren ersten *First to find* finden.«

Kabuki hatte schon viele Caches gefunden, aber er freute sich auf die große Herausforderung, der Erste zu sein, der diesen Cache fand.

Eigentlich hatte sein bester Freund eine viel bessere Kondition als er. Aber der überladene Rucksack, in dem die Aus-

---

* Im Geocaching gibt es viele Fachbegriffe. Diese werden hinten den Begriffserklärungen erklärt.

rüstung steckte, zog ihn wie ein starker Sog zurück. Natu trat prustend in die Pedale.

Als Kabuki wieder nach vorne blickte, machte er eine Vollbremsung und hielt erschrocken am Wegrand an. Er wartete, bis Natu neben ihm zum Stehen kam.

»Ist dein Navigationsgehirn kaputt? Weißt du, was das ist?« Kabuki zeigte auf den Wald, der sich ein paar hundert Meter vor ihnen erstreckte. »Da vorne beginnt das Gebiet der Drachenflüsterer!«

Natu wischte sich mit dem Ärmel seiner giftgrünen Fleecejacke den Schweiß von der Stirn und putzte seine Brille. Als er sie wieder aufsetzte, war sie noch verschmierter als vorher. »Hey! Wer ist hier das Orientierungsgenie? Ich oder ich?«, lachte er und blickte auf sein Smartphone. »Gleich da vorne geht ein schmaler Pfad links zum See hinunter. Der Kiesweg führt dann direkt in den Wald.«

»Hallo-ho!« Kabuki tippte mit dem Finger an seine Stirn. »Drachenflüsterer! Die machen uns platt, wenn sie uns in ihrem Revier entdecken. Ich will so was nicht noch einmal erleben.« Er zeigte Natu die fingerlange Narbe an seinem Handgelenk.

Natu winkte ab. »Keine Sorge. Ich kenne eine Abkürzung. Die führt vom See quer durch den Wald. Aber ein Kinderspiel wird es nicht.«

Kabuki nickte. »Egal, alles ist angenehmer, als den Drachenflüsterern zu begegnen.«

Er stellte seinen Fuß auf die Pedale und fuhr davon.

»Hey, warte doch!«, hörte er seinen Freund rufen, aber er radelte weiter, vorbei an Kühen, die auf einer Weide grasten. Zwischen den Feldern bog er links in den schmalen Pfad hinein. Verflixt! Der war wirklich eng. Kabuki verringerte die Geschwindigkeit und konzentrierte sich auf die

Strecke, bis er bei dem breiteren steinigen Weg unten am See ankam.

Völlig überraschend tauchten Skater und Fußgänger vor ihm auf, die er nicht bemerkt hatte, weil er sich so sehr auf den Pfad fixiert hatte. Erschrocken balancierte er sein Gleichgewicht mit dem Fahrradlenker aus und fuhr vorsichtig weiter, an den Bäumen vorbei, die ihre Schatten auf den Weg warfen. Ein kurzer Blick über die Schulter verriet ihm, dass Natu hinter ihm war. Die Bäume wurden immer dichter und der Weg führte in einen kleinen Wald.

»In fünfzig Metern kommt ein Bach, der in den See mündet. Dem müssen wir aufwärts folgen.« Natu blickte zur Kontrolle auf sein Smartphone, das mit einer Halterung am Lenker befestigt war.

Kabuki entdeckte den Bach, der sich durch das Wäldchen schlängelte. Er lehnte sein Fahrrad an einen Baum.

»Noch knapp dreißig Meter bis zum Cache.«

Natu stellte sein Fahrrad gleich daneben ab, klappte den Ständer nach unten, nahm den dick gepackten Rucksack von der Schulter und fischte aus dem obersten Außenfach ein spiralförmiges Schloss, das er um die Speichen legte.

»Das klaut schon niemand«, schmunzelte Kabuki kopfschüttelnd.

»Sicher ist sicher.«

Natu verstaute den winzigen Schlüssel in einem der gefühlten fünfzig Innenfächer seines Rucksacks.

Kabuki ging am Bach entlang und beobachtete die Umgebung genau, während Natu neben ihm Schritt hielt und starr auf sein Smartphone blickte. Hier gab es keinen Weg mehr, sie stapften quer durch den Wald.

»Verflixte Dornen!« Kabuki fuhr sich über die zerkratzten Beine. Er versuchte, die stacheligen Ranken niederzutrampeln. Vielleicht hätte er doch lange Hosen anziehen sollen. Die Dornen rissen ihm auch die Haut an seinen Schultern auf, die nicht bedeckt waren, da er ein ärmelloses Shirt trug.

»Gute Ausrüstung ist immer noch nicht deine Stärke, was?« Natu hatte mit seiner Fleecejacke und den langen Cargohosen gut lachen.

»Man kann nicht in allem gut sein. Außerdem brauche ich dich ja noch für irgendetwas«, konterte Kabuki, während er nacheinander seine Schuhe auszog, um sie von spitzen Steinen und grober Erde zu befreien. »Bist du überhaupt sicher, dass wir hier richtig sind?«

»Hey, ich kenne die Abkürzungen in dieser Gegend. Schließlich ist das mein Spezialgebiet.« Natu zeigte mit der Hand geradeaus auf eine alte Holzbrücke, die über den Bach führte. »Siehst du?«

Kabuki eilte sofort zu der Brücke, die ziemlich modrig aussah, ohne auf Brennnesseln und Dornenranken zu achten. Er kletterte den steilen Abhang hinauf und warf ein paar flüchtige Blicke über und unter das moosbewachsene Geländer.

»Der Cache ist ein *Nano*«, sagte Natu völlig außer Atem, als er auch bei der Brücke ankam und noch einmal einen Blick auf sein Smartphone geworfen hatte.

Ein Nano war ein besonders kleiner Cache, etwa so groß wie eine Walderdbeere. Aber natürlich war er nicht leuchtend rot und so war dieser Nano wie die berühmte Nadel im Heuhaufen. Die Brücke bot unglaublich viele Verstecke, die man nicht auf Anhieb erkennen konnte.

Vorsichtig griff Kabuki unters Geländer, in der Hoffnung, den Cache zu ertasten. Danach kontrollierte er die löchrigen Bretter, jedes einzeln, aber doch mit einer gewissen Routine. Schließlich war es nicht die erste Brücke in seiner Geocaching-Karriere, die er genau inspizierte.

Sein Navigator las in der Beschreibung auf dem Smartphone, was der *Owner*, der Eigentümer des Cache, geschrieben hatte. »Da steht: Mach dich nicht nass! Das ist der einzige Hinweis.« Natu blickte von seinem Smartphone auf. »Ob er im Wasser versteckt ist?«

Kabuki schüttelte den Kopf. »Nein, das glaube ich nicht. Sonst wäre der Hinweis anders geschrieben.«

Plötzlich hörte er Fahrräder, die knirschend über die Steinchen des Waldwegs fuhren, direkt auf die Brücke zu. »In Deckung!« Kabuki stieg über die Brüstung der Brücke und sprang ins Gebüsch, Natu tat es ihm nach.

»Autsch!« Spitze Äste bohrten sich in seine Haut. Sofort hechtete er weiter. Die beiden Freunde versteckten sich unterhalb der alten Brücke, dort wo die Bretter am dichtesten lagen.

Zwei Personen hielten mitten auf der Brücke an. Durch die Löcher in den Brettern erkannte Kabuki Nemirna und ihren jüngeren Bruder Duracell.

Natu sah ihn an und seine Lippen formten lautlos: »Drachen-flüs-ter-er.« Kabuki nickte.

Verflixt! Wenn sie entdeckt würden, wäre alles umsonst gewesen. Dann könnten sie sich nicht als erste Finder im Logbuch eintragen. Und was noch viel schlimmer wäre: Lax wüsste, dass sie in seinem Gebiet nach einem Geocache gesucht hatten. Und mit Lax war nicht zu spaßen.

Kabukis Herz pochte und er hielt den Atem an. Fieberhaft überlegte er, wie sie aus dieser Situation wieder herauskommen könnten. Plötzlich bemerkte er einen Punkt unter der Brücke. Er sah genauer hin.

»Du kleines Biest«, dachte er.

Er fühlte sich ganz kribbelig, aber die beiden Jungen blieben trotzdem noch eine Weile angespannt unter der Brücke liegen.

Sie versuchten keine Geräusche zu machen, kaum zu atmen und einfach nur still zu sein. Das konnten beide gut. Unauffällig sein war etwas, das man beim Geocachen brauchte.

Duracell meinte: »Glaubst du wirklich, dass heute jemand herkommt?«

Nemirna erwiderte: »Vielleicht. Aber lass uns lieber noch den Weg weiter unten absuchen. Da waren wir noch nicht.«

Duracell schien einverstanden, denn kurz darauf stiegen die beiden Drachenflüsterer auf ihre Fahrräder und düsten davon.

Erleichtert atmete Kabuki auf und stürzte sich dann gleich auf den auffälligen Punkt, den er unter der Brücke entdeckt hatte. Aus einem kleinen Loch zog er eine Schraube heraus.

»Das ist der Cache!« Kabuki drehte die Schraube in seinen Händen. »Ein perfekt getarnter Nano, siehst du?« Er hielt Natu den Cache direkt vors Gesicht.

Natu schob Kabukis Hand von seinem Gesicht weg. »Jaja, schon gut. Und wie hast du ihn entdeckt?«

»Schau sie dir doch mal an.« Er zeigte auf die anderen Schrauben, mit denen die Bretter befestigt waren. »Diese hier«, er hielt sie nochmals vor Natus Gesicht, »passt da überhaupt nicht rein. Sie sieht ganz anders aus, siehst du?«

Der Unterschied war gering, aber Natu erkannte, was Kabuki meinte. Die anderen Schrauben waren leicht rostig, weil sie schon länger in der Brücke steckten.

Kabuki drehte den Kopf der Schraube vom Gewinde ab. Darunter erkannte er einen zusammengerollten Zettel. Das Logbuch!

Kabuki schlug den unteren Teil der Schraube auf seinen Oberschenkel. »Verflixt! Warum kommt das Ding nicht raus?«

»Warte! Es sitzt zu tief drin.« Natu öffnete ein Seitenfach seines Rucksacks und zauberte eine Pinzette hervor.

»Danke.« Vorsichtig versuchte Kabuki, das Logbuch mit der

Pinzette zu greifen. Es klappte nicht beim ersten Mal, was seine Geduld strapazierte, doch nach ein paar Anläufen klappte es und er zog es langsam aus dem Gewinde heraus. Behutsam entfaltete er das Papier. »Boah! Da hat sich wirklich noch niemand eingetragen.«

Geschafft! Das war ihr erster First to find. Kabuki griff in seine Hosentasche und fischte daraus das einzige Utensil heraus, das er immer bei sich trug: einen zusammenklappbaren Kugelschreiber, mit dem er sich ins Logbuch eintragen wollte.

»Hey! Halt! Wieso darfst du dich zuerst eintragen?«, protestierte Natu und riss ihm den Kugelschreiber aus den Händen.

»Ganz einfach. Weil ich den Cache zuerst gefunden habe.«

»Ja, aber ohne mich hättest du den Weg nicht gefunden.« Er hielt den Kugelschreiber mit beiden Händen fest, wie einen großen Schatz, damit Kabuki ihm diesen nicht wegnehmen konnte.

»Ja, klar. Aber das war doch schon immer so. Ich suche die Caches, ich trage mich als Erster ein und du bist der Navigator.«

»Bei den anderen Caches bin ich einverstanden. Aber das ist ein First to find! Das ist was ganz Besonderes. Und deshalb bin ich dafür, dass ich mich zuerst eintragen darf.«

»Jetzt sei doch kein Spielverderber! Schließlich war es meine Idee, dass wir den First to find suchen.« Kabuki streckte die Hand aus und forderte den Kugelschreiber zurück.

»Na gut, dann machen wir Schere, Stein, Papier.«

»Ach, das ist doch Kinderkram!«

»Vielleicht, aber es ist fair. Wenn du gewinnst, bekommst du den Kugelschreiber zurück und darfst dich eintragen.« Natu grinste. »So wie ich dich kenne, hast du ja sowieso keinen Ersatzkugelschreiber dabei, habe ich recht?«

Kabuki atmete tief ein und aus.

»Einverstanden.«

Er versteckte seinen rechten Arm hinter dem Rücken. Mit Papier würde er sicher gewinnen, denn Natu nahm immer Stein. »Schere, Stein, Papier!«, rief er zusammen mit Natu und beide streckten die Hände aus.

»Nein!«

Sein Papier verlor gegen Natus Schere.

»Wieso hast du Schere genommen?«, fragte Kabuki verärgert.

»Weil du immer Papier nimmst«, grinste Natu, nahm das Logbuch, klappte den Kugelschreiber aus und trug sich in die erste Zeile ein.

»Na gut, aber dann logge ich ihn zuerst digital.« Ohne zu zögern, öffnete Kabuki die Geocaching-App und tippte auf das Gefunden-Feld. Er schrieb einen kurzen Text. *Wow! Unser erster First to find! TFTC.*

Diese Abkürzung bedeutete *Thanks for the Cache,* also *Danke für den Cache.*

Kaum hatte er die Nachricht gesendet und seinen 94. Cache eingetragen, geschah etwas Außergewöhnliches: In seinem Inventar blinkte ein neues Souvenir auf. Ein solches digitales Abzeichen war sehr selten und man erhielt es nur bei ausgewählten Caches. Kabuki hatte noch nie eines bekommen.

»Schau dir das an!« Aufgeregt zeigte er Natu das Smartphone.

»Das sieht aus wie ein Abzeichen eines Siegelrings.« Natu rückte seine Brille zurecht und sah das Souvenir neugierig an. »Wie Könige sie früher benutzt haben.«

»Könige? Klingt nach einem großen Schatz.« Kabuki betrachtete das rote Wachssiegel, das die Form eines sechszackigen Sterns hatte und in dessen Mitte sich ein A befand.

»Was das A wohl bedeutet? Was steht in der Beschreibung?«

Als Kabuki auf das Bild des Siegels tippte, drehte es sich um die eigene Achse und ein kurzer Text erschien.

»Lüfte das Geheimnis der sieben Siegel«, las er vor. Das klang mächtig und geheimnisvoll. »Das Erste hast du bereits gefunden. Das zweite wartet im Schlund des Drachen auf dich.«

»Im Schlund des Drachen?« Natu blickte Kabuki mit großen Augen und offenem Mund an.

»Ja, da stehen Koordinaten.«

Schnell loggte Natu den Cache digital, während Kabuki sich im Logbuch eintrug.

»Bei mir erscheint das Souvenir auch.« Natu schien nicht überrascht, obwohl er nur der Zweite war, der den Cache loggte. Doch dann hielt er den Atem an.

»Und? Wohin führen die Koordinaten?« Als Kabuki Natus ängstlichen Blick sah, kannte er die Antwort bereits.

»Zur Drachenhöhle«, hauchte sein bester Freund. »Zum Herz der Drachenflüsterer.«

»Mist! Da können wir nicht einfach frisch-fröhlich reinspazieren. Wenn Lax uns mit seinen Leuten erwischt, können wir die Geocaches von unten suchen.«

»Wenn wir auf dem normalen Weg bleiben, schon«, entgegnete Natu langsam.

Er stand auf und schulterte seinen Rucksack. Er hatte eine Idee, das spürte Kabuki. So wie er seinen Navigator kannte, war es die rettende Idee.

»Es gibt noch einen anderen Weg, der in die Höhle führt. Aber der ist gefährlich«, erklärte Natu.

»Gefährlicher als die Drachenflüsterer?«

»Kommt darauf an. Wenn wir dem Bach folgen, führt er uns direkt in den Schlund. Aber in den letzten Tagen hat es oft geregnet. Der Bach hat bestimmt viel Wasser. Das wird nicht einfach.«

»Ein echtes Abenteuer ist niemals einfach.« Kabuki streckte ihm die Hand zu einem High five hin. »Egal was passiert. Wir haben immer noch uns.«

»Wir haben immer noch uns«, antwortete Natu zögernd und schlug ein.

Sie deponierten die Schraube samt dem Logbuch wieder unter der Brücke und stiegen in den Bach. Das Wasser reichte ihnen knapp über die Knöchel. Beide behielten die Schuhe an, da sie barfuß nur langsam vorwärts gekommen wären. So waren auch die spitzen Steine, die sich im Wasser versteckten, kein Problem.

Das Bachbett führte immer tiefer in den Wald hinein. Der Abhang links und rechts wurde immer steiler, je weiter sie im kühlen Bach wanderten. Das Wasser war meist flach, doch an manchen Stellen wurde es tiefer. Mittlerweile reichte es Kabuki bis über die Knie.

»Bist du sicher, dass sie uns hier nicht entdecken?« Kabuki starrte zu den Bäumen, die immer dichter und größer schienen. Er stellte sich vor, wie die Drachenflüsterer hinter einem Busch lauerten und sie beobachteten.

»Keine Sorge. Meistens kommen sie ja nur am Bach vorbei, wenn sie den Weg zum Schrottplatz fahren.«

»Oder wenn sie auf Beutejagd sind.«

Ein Rauschen übertönte seine Worte. Wenige Meter vor ihnen war ein Wasserfall, der vielleicht zwei Köpfe über Kabuki seinen Anfang hatte. Das Wasser staute sich unterhalb, deshalb war es an dieser Stelle tiefer.

»Achtung! Jetzt kommt die heikle Stelle!« Kabuki marschierte in den gestauten Bereich.

»Kalt! Kalt! Kalt!«, wiederholte Kabuki zwischen zusammengebissenen Zähnen.

Das Wasser ging ihm bis zur Hüfte. Bei Natu schwappte

es sogar bis unter die Brust, da er etwas kleiner war. Er stand nun direkt unter der Anhöhe, wo es eine trockene Stelle gab und deponierte dort seinen Rucksack.

»Wenn du die Räuberleiter machst, schaffe ich es vielleicht nach oben«, meinte Natu.

Kabuki stellte sich neben ihn und wob die Finger ineinander, damit er seinen Freund hinaufhieven konnte. Er schaffte es so weit, dass sein Navigator trockene Steine erreichte, an denen er sich hochziehen konnte.

»Scheiße!« Kaum war er oben angekommen, drehte er sich um und sprang wieder hinunter. Er platschte ins Wasser.

»Was ist?« Kabuki zog ihn am T-Shirt aus dem Strom.

»Lauf! Wir müssen abhauen!« Er rang nach Luft, schnappte panisch seinen Rucksack und wankte durch das Wasser zu der flachen Stelle zurück.

»Hä? Bist du jetzt komplett durchgedreht?«

»Schnell! Sie kommen! Sie haben mich gesehen!«

Kabuki schwamm ebenfalls zurück ins flachere Wasser. Sein Freund eilte ihm voraus, aber da dieser den schweren Rucksack schleppte, hatte er ihn schnell wieder eingeholt.

Im Laufen blickte er über die Schulter zurück. Er erkannte zwei blonde Personen auf Fahrrädern. Als er genauer hinschaute, bemerkte er, dass es Duracell und Nemirna waren.

»Bleibt sofort stehen!«, hörte er sie rufen.

Kabuki und Natu rannten, was das Zeug hielt.

»Verflixt! Wieso haben sie dich entdeckt?«

»Oberhalb des Wasserfalls gibt es leider nicht viel Sichtschutz«, hechelte Natu. »Und leider ist da auch der Waldweg. Mach schon! Sie holen auf!«

»Die haben auch Fahrräder!« An der linken Seite spürte Kabuki ein Stechen, das mit jedem Atemzug stärker wurde. »Ich kann nicht mehr!«

»Du darfst jetzt nicht aufgeben!«

Kabuki blieb stehen, bückte sich nach vorne und hielt sich keuchend die Seite. Natu hielt an und kam zu ihm zurück.

»Weißt du was? Wir teilen uns auf«, keuchte Natu.

»Bist du bescheuert? Die sind zu zweit und sie haben Fahrräder. Das wird ein Kinderspiel für sie.«

»Nicht wenn wir quer durch den Wald laufen.«

Kabuki verstand, was Natu vorhatte.

»Du gehst auf der einen Seite des Abhangs hinauf, ich auf der anderen. Und dann verschwinden wir beide im Wald. Sie wissen ja nicht, dass wir zur Höhle wollen. Wir treffen uns dort.«

Ohne Kabukis Antwort abzuwarten, rannte Natu den Abhang hinauf, der an dieser Stelle nicht mehr so steil war. Dann verschwand er im Wald.

Sofort kletterte Kabuki auf allen vieren auf der anderen Seite hoch. Aber er glitt auf dem nassen, matschigen Boden aus und rutschte den halben Weg wieder nach unten.

Duracell ließ sein Fahrrad stehen und eilte die andere Seite hinunter, bis zum Bach. Als er ihn durchquerte, war Kabuki gerade oben angekommen und rannte in den Wald hinein.

Es dauerte eine Weile, bis Duracell ebenfalls oben war, und das verschaffte Kabuki Zeit. Er rannte an den moosbewachsenen Bäumen und dichten Büschen vorbei und sprang über Wurzeln. Die Dornen zerkratzten seine Beine, aber er blieb nicht stehen. Schließlich duckte er sich hinter einen Busch und hoffte, dort in Sicherheit zu sein. Mit dem Shirt wischte er sich den Schweiß von der Stirn. Er versuchte, seinen Atem zu beruhigen, indem er die Hand auf seinen Bauch hielt. Dann hörte er, wie Duracell näherkam.

Im Schlund des Drachen

K abuki machte sich hinter dem dichten Busch ganz klein. Er spähte durch die verwobenen Äste und sah, wie Duracell suchend weiterging. Der Drachenflüsterer sah in alle Richtungen, auch nach oben in die Baumkronen, aber der Wald war sehr dicht und theoretisch bot jeder Baumstamm ein Versteck.

Kabuki schickte ein kleines Stoßgebet zum Himmel. »Bitte, lieber Gott, lass ihn weitergehen. Bitte, bitte, mach, dass er weitergeht.« Sein Herz pochte so laut, dass er befürchtete, Duracell könnte es hören. Aber der ging weiter, ohne ihn zu entdecken.

Kabuki wartete, bis er Duracell nicht mehr sehen konnte. Er überlegte, was er nun tun sollte. Sollte er es wagen, aufzustehen und so schnell, wie er konnte, zur Drachenhöhle zu laufen? Irgendwie beunruhigte es ihn, dass er Duracell nicht mehr im Blick hatte. Mit seinem grünen Pullover und den braunen, langen Hosen könnte er locker hinter einem Baum lauern. Ob Nemirna Natu erwischt hatte?

Einen Moment noch zögerte Kabuki. Dann holte er tief Luft. Es blieb ihm nichts anderes übrig. Er musste versuchen, zur Höhle zu kommen, auch wenn er damit alles aufs Spiel setzte. Er wollte dieses Geheimnis der sieben Siegel lüften und herausfinden, was dahintersteckte. Die Neugier besiegte seine Angst.

Kabuki scannte die Umgebung nochmals genau ab. Niemand in Sicht. Er richtete sich auf und rannte los, quer durch den Wald, mitten durch das Dickicht. Die Äste verfingen sich

in seinem Shirt, als wollten sie ihn zurückhalten. Doch sein Wille war stärker: sein Ziel, die Drachenhöhle zu erreichen. Er riss sich los und rannte entschlossen weiter. Mit den Armen schob er alles beiseite, was ihm in den Weg kam. Er lief, bis sich eine Ansammlung von Felsen vor ihm auftürmte, vor denen er ehrfürchtig stehen blieb. Kabuki musste den Kopf heben, damit er die gesamte Erhebung sehen konnte.

Vor ihm war ein gewaltiges Loch zwischen den Felsen. Das war er, der Schlund des Drachen, der ihn bald verschlucken würde. Kabuki näherte sich dem riesigen Eingang und suchte dort Schutz, damit er von den Drachenflüsterern nicht entdeckt wurde.

»Verflixt, wo bleibst du denn?« Ungeduldig blickte er auf sein Smartphone. Keine Nachricht und kein Anruf von Natu. Kaum hatte Kabuki auf den grünen Telefonhörer getippt, um ihn anzurufen, brach die Leitung zusammen. Kein Empfang.

Je länger Kabuki hier wartete, desto eher würde er entdeckt werden. Duracell würde ihn nicht mehr lange im Wald suchen und dann würde er bestimmt hierher kommen. Immerhin war die Drachenhöhle das Merkmal des Reviers der Drachenflüsterer, auch wenn sie nicht ihr Geheimversteck war. Vielmehr war sie ein Mahnmal, eine Warnung. Die Warnung, dieses Gebiet nicht zu betreten.

Schließlich entschied Kabuki, in die Höhle zu gehen, auch wenn er keine Ausrüstung bei sich hatte. Er tat ein paar Schritte hinein, dann tastete er sich vorsichtig an der rauen Wand entlang. Das Licht vom Eingang reichte nur ein paar Meter weit.

Die Tropfsteine an der Decke sahen im Halbdunkel aus wie die Zähne eines Drachen, die ihn aufzuspießen drohten. Der Fels war feucht und auf dem harten Boden waren Pfützen. Je weiter Kabuki ins Innere der Höhle schlich, desto dunkler wurde es. Kabuki schauderte, als er die feuchte, glitschige Wand anfasste. Er hatte keine Ahnung, was er da berührte und ob vielleicht kleine Krabbeltiere dabei waren. Dann machte der Weg einen Bogen und es war fast völlig finster. Ein Gedankenblitz rettete ihn aus der Dunkelheit. Er griff in die Hosentasche, zückte sein Smartphone und aktivierte die Taschenlampe. Ein fahler Lichtstrahl schenkte ihm Orientierung. Es roch modrig, wie in einem alten Keller. Der Durchgang war schmal und nicht sehr hoch, sodass Kabuki gebückt weiterging.

Nach einigen Metern mündete der Gang in einen großen Hohlraum. Kabuki blieb dicht an der Wand, damit er immer wusste, woher er gekommen war. Wenn er zum Ausgang wollte, musste er sich nur umdrehen und zurückgehen. Er leuchtete mit der Taschenlampe zur Decke. Die Tropfsteine sahen aus wie Skulpturen. Bei einigen meinte Kabuki, Fratzen zu erkennen, unheimliche Gesichter, die ihn beobachteten. So etwas Gruseliges hatte er noch bei keinem anderen Cache erlebt.

Plötzlich hörte Kabuki einen spitzen Schrei und eine Nanosekunde später warf ihn etwas zu Boden. Sein Smartphone rutschte ihm aus der Hand und landete mit dem Display nach unten neben einer Pfütze. Erleichtert registrierte Kabuki, dass die Taschenlampe weiterhin leuchtete, die Silikonschutzhülle hatte wohl dafür gesorgt, dass das Handy nicht zerbrochen war. Dann wurde er gepackt und auf den Rücken gedreht. Jemand setzte sich auf seinen Brustkorb schnürte ihm fast die Luft ab.

»Hey! Hau ab! Runter von mir!«

»Wer bist du?«, fragte der Angreifer, packte seine Arme und drückte sie auf den Boden. Er kam ganz nah an sein Gesicht.

»Dasselbe könnte ich dich fragen«, presste Kabuki hervor und versuchte, den anderen von sich runterzuwerfen.

»Wieso verfolgst du mich?« Die Stimme klang nicht nach Duracell, sie war heller. In dem schwachen Licht seiner Handy-Taschenlampe, das von der Höhlendecke reflektiert wurde, konnte Kabuki sehen, dass die Person eine Kapuze trug, die sie tief in die Stirn gezogen hatte.

Plötzlich wurde es heller, Licht huschte über die Wände. Jemand mit einer Taschenlampe hastete aus dem schmalen Gang, aus dem Kabuki vor Kurzem gekommen war. »Lass ihn in Ruhe!« Der Neuankömmling schubste die Gestalt von Kabukis Brustkorb.

Kabukis Lunge pumpte sich auf, aber er brauchte einen Moment, bis er sich wieder aufrichten konnte.

»Gott sei Dank, Natu!«, rief Kabuki aus.

Der Navigator leuchtete mit seiner LED-Taschenlampe direkt ins Gesicht des unbekannten Angreifers.

»Los! Zeig dich!«, zischte Natu mit zittriger Stimme.

Die Gestalt hielt eine Hand vors Gesicht und richtete sich langsam auf.

»Kannst du mal aufhören, mir ins Gesicht zu leuchten?«, schimpfte sie und zog die Kapuze ihrer dunkelgrünen Jacke nach hinten.

»Selma?« Ungläubig starrte Kabuki auf das Mädchen aus seiner Parallelklasse. »Was um alles in der Welt hast du in dieser Höhle verloren?«

Sie rieb sich den Schmutz von der Jacke und strich die blonden Locken, die in ihrem Gesicht klebten, nach hinten. »Nova«, korrigierte sie bestimmt. »Und ich denke, es macht mehr Sinn, wenn ich dich Kabuki nenne statt Florian. Und dich Natu statt Jan. Habe ich recht?«

»Du bist eine Geocacherin?«, fragte Kabuki verdattert.

»Wow. Blitzmerker«, erwiderte sie spöttisch. »Hier, das ist dir runtergefallen. Scheint noch ganz zu sein.« Sie gab Kabuki

sein Smartphone zurück. Er sah auf das Display. Kein Spin-
nennetz. Erleichtert atmete er auf und schaltete die Taschenlampe aus.

»Also, weshalb seid ihr hier?« Nova setzte ihre Kapuze
wieder auf.

»Wir haben ein ...« Natu hielt Kabuki zurück, bevor er den
Satz beenden konnte.

»Dasselbe könnten wir dich fragen«, forderte Natu sie heraus.

»Ihr habt es auch gefunden?« Nova schien überrascht zu
sein. »Das erste der sieben Siegel?«

»Ja!«, platzte es aus Kabuki heraus. »Wir haben es bekommen, als wir einen First to find geloggt haben. Und es
fehlen noch sechs weitere Siegel, um das Geheimnis zu lüften.«

»Echt? Ihr habt einen First to find gefunden?« Nova nickte
anerkennend. »Bei mir hat sich das Siegel in einem *Multi-Cache*
versteckt. Scheint, als wären diese Siegel in mehreren ausgewählten Caches.«

Kabuki war begeistert. Nova hatte das Siegel also in einem
Cache gefunden, der über mehrere Stationen lief. Und bei jeder Station musste sie ein Rätsel vor Ort lösen, um an die finalen Koordinaten zu kommen.

»Ja, und wenn wir uns nicht beeilen, dann schnappen sich
andere Geocacher die Schätze vor uns.« Natu rückte seine
Brille zurecht.

»Wieso stehen wir uns dann noch gegenseitig im Weg? Warum gehen wir nicht zusammen weiter?«, schlug Nova vor.

»Einverstanden«, erwiderte Kabuki. Er konnte noch immer
nicht glauben, dass Selma auch eine Geocacherin war. Seit
Jahren gingen sie nun schon auf die gleiche Schule, er hatte
nie etwas davon mitbekommen.

»Bist du verrückt?«, zischte Natu Kabuki zu. »Was ist, wenn es eine Falle ist?«

»Eine Falle von Nova?«, flüsterte Kabuki. »Das glaube ich nicht. Sie geht schon lange auf dieselbe Schule wie wir. Ist sie dir jemals gefährlich vorgekommen?«

Natu schüttelte den Kopf.

»Siehst du.«

»Na dann.« Nova zückte eine Taschenlampe und ging weiter durch die Tropfsteinhöhle.

»Bist du sicher, dass wir ihr vertrauen können?«, flüsterte Natu seinem Freund zu, als sie weit genug entfernt war.

»Hey, sie hat zuerst von dem Siegel gesprochen. Und sie gehört nicht zu den Drachenflüsterern.«

»Wenn du meinst ...«

Kabuki holte Nova ein und folgte ihr nervös.

Der Gang war lang. Kabuki blickte ängstlich an den Wänden hoch und zur Decke hinauf. Je weiter sie in die Höhle vordrangen, desto stickiger wurde die Luft. Ihm war mulmig zumute. Was, wenn sie den Ausgang nicht mehr fanden?

Plötzlich blieb Nova abrupt stehen. Sie kniete sich hin und leuchtete mit der Taschenlampe durch einen schmalen Spalt.

»Wir müssen da durch.«

»Bist du wahnsinnig?« Kabuki wich zwei Schritte zurück. »Nicht einmal für den wertvollsten *Geocoin* der Welt würde ich hier durchkriechen.«

»Dann kannst du dir das Geheimnis der sieben Siegel wohl abschminken.« Sie leuchtete zu Natu. »Und was ist mit dir?«

»Ich habe kein Problem damit. Was kann denn schon passieren?«

»Ähm, wir könnten stecken bleiben?«, wandte Kabuki ein.

»Wenn ihr auf der anderen Seite seid und ich stecken bleibe, kann keiner von euch Hilfe holen. Und unsere Smartphones haben in dieser verflixten Höhle auch keinen Empfang.«

»Dann geht Natu eben zuerst durch. Er ist der kleinste und schlankste von uns.«

Natu war einverstanden. Er kniete sich vor den engen Spalt. »Das müsste eigentlich passen.«

»Warte!« Kabuki zog ihn an einem T-Shirt-Ärmel zurück. »Du kannst da jetzt nicht durch.«

»Und wieso nicht?«

»Hab ich doch gesagt.« Kabuki rollte mit den Augen. »Weil du vielleicht stecken bleibst. Oder keine Luft mehr bekommst. Du weißt auch nicht, was auf der anderen Seite ist.« Er suchte verzweifelt nach noch mehr Ausreden.

Natu lachte und winkte ab. »Das sind alles Wahrscheinlichkeiten. Falls die Höhle einstürzt, falls ein Meteorit alles zerstört, falls ich pupsen muss und von dem Gestank bewusstlos werde ...«

Jetzt musste auch Kabuki lachen. Aber das Lachen verging ihm, als Natu sich zum Spalt drehte und bereits den Kopf hineinsteckte. »Ich habe Platzangst, okay?« Der Satz rutschte ihm über die Lippen und danach war es still.

Bisher hatte er die Höhle zwar unangenehm gefunden, aber es ging. Doch der Spalt war einfach zu viel. Er fragte sich beklommen, wie Natu und Nova auf sein Geständnis reagieren würden.

Natu zog den Kopf aus dem Spalt. »Echt? Krass. Seit wann?«

»Schon immer.« Kabuki sah beschämt zu Boden.

Nova legte ihm die Hand auf die Schulter. »Dann ziehen wir dich eben raus, wenn es nicht mehr weitergeht.«

»Ja genau! Und wenn ich zuerst hindurchkrieche, kann ich dich auf der anderen Seite rausziehen und Nova kann schieben.«

»Ich weiß nicht ...« Kabuki spürte, wie sein Herz pochte, schneller als sonst. Seine Hände waren feucht. Panik stieg in ihm auf, als er den Spalt anstarrte.

»Du sagst einfach Rosenkohl und ich hol dich da raus«, bestimmte Natu.

»Rosenkohl?«, grinste Nova.

»Ja, mir ist gerade nichts Besseres eingefallen.«

»Ich hasse Rosenkohl«, grummelte Kabuki.

»Na, dann passt es ja perfekt. Du hasst Rosenkohl und du hasst diesen Spalt hier. Alles klar?« Natu erhob seine Hand für ein High five.

Kabuki zögerte. »Alles klar«, sagte er schließlich und schlug ein.

Zuerst zwängte sich Natu durch den Spalt. Mit der Taschenlampe im Mund kroch er problemlos auf allen vieren hindurch. »So, und jetzt du.«

Kabukis Kehle schnürte sich zu. Er konnte nicht richtig atmen, als ob jemand auf seinem Bauch sitzen würde. »Ich schaff das nicht!«

»Und ob du das schaffst. Wir wollen ein Abenteuer erleben, hast du das schon vergessen?«

Auch Nova machte ihm Mut: »Wenn du zurückgehst, warten wahrscheinlich die Drachenflüsterer auf dich. Und gegen die ist dieser Spalt hier ein Klacks.«

»Also gut.« Kabuki kniete sich nieder und atmete nochmals tief durch. Langsam legte er sich hin und begann zu robben. Er spürte, wie die spitzen Steine an seiner Haut kratzten. Sein Hals schien immer enger zu werden.

»Nur noch ein kleines Stück.« Natu war bereits vor ihm, und streckte seine Hände nach ihm aus.

Aber dann ging es nicht mehr weiter. Kabuki blieb hängen. Seine Hüfte war zu breit und blieb stecken. Nun lag er mit dem Oberkörper in dem Spalt, sein Unterkörper war noch in der Tropfsteinhöhle. Er wollte das Codewort schreien, doch die Luft blieb ihm weg. Ein schummriges Gefühl übermannte ihn.

»Ro-ho... Ro-ho-sen...«, röchelte er und versuchte sich zurückzuschieben.

»Nicht zurück! Du musst dich nach links drehen, hörst du? Dreh dich nach links!« Natu versuchte, an Kabukis Hüfte zu kommen, schaffte es aber nicht.

Kabuki konnte sich nicht bewegen. Es ging weder vor noch zurück. Panik erfasste ihn. *Du kommst hier nie wieder raus! Du erstickst hier drin! Du bist ganz alleine!*

Er rang nach Luft. Sein Kopf wummerte wie nach dem Aufblasen einer Luftmatratze.

»Komm schon! Dreh dich!« Nova war plötzlich ganz weit weg, so kam es ihm jedenfalls vor, obwohl er ihre Hände spürte. Eine Hand war auf seinem Rücken, die andere an seinem Bauch. Nova begann, ihn zu drehen. Die spitzen Steine leisteten Widerstand und gruben sich in seine Haut.

Kabuki riss sich zusammen und bewegte nun auch seine Hüfte. Schließlich schaffte er es, sich auf die rechte Seite zu drehen.

»Ja Mann! Und jetzt kriech durch!« Natu feuerte ihn an, packte seine Arme und zog von vorne, während Kabuki langsam durch den Spalt kroch. Schließlich zog Natu ihn aus dem Spalt heraus. Erleichtert legte sich Kabuki auf den Rücken und atmete tief ein und aus.

»Du hast es geschafft! Hab ich's dir nicht gesagt?« Natu half ihm auf die Beine.

»Danke! Ich hasse diese Höhle!«

»Ich weiß! Aber du hast sie besiegt!«

Kurz darauf stand Nova neben ihnen. Gemeinsam folgten sie dem dunklen, schmalen Gang, bis dieser sie in eine weitere Tropfsteinhöhle führte. Sie war gigantisch, wie eine Sporthalle. Die Stalaktiten, die von der Decke hingen, und die Stalagmiten auf dem Boden erinnerten Kabuki wieder an die Zähne im aufgerissenen Maul eines Drachen.

In der Halle war ein kleiner See, der von einer unterirdischen Quelle gespeist wurde und dessen Wasser ständig in Bewegung war. Die Sonnenstrahlen, die durch ein Loch in der Decke drangen, ließen das Wasser in einem magischen Türkisblau erscheinen. Ein Rauschen lenkte Kabukis Blicke dorthin, wo der See sich in einem Wasserfall nach draußen ergoss. Früher war er bei Spaziergängen mit seinen Eltern manchmal an dem Felsen vorbeigekommen, aus dem der Wasserfall stürzte, aber er hätte sich nie träumen lassen, einmal auf der anderen Seite zu sein.

»Und wo beginnen wir zu suchen?« Natus Stimme hallte von den Wänden wider.

Nova hielt ihr Smartphone in die Luft, um wenigstens einen Strich Empfang zu ergattern. »Keine Chance«, meinte sie enttäuscht. »Dann müssen wir uns an die Informationen halten, die wir bereits haben.«

»Hey! Was macht ihr hier?« Erschrocken drehten sich Kabuki und die anderen um. Auf der gegenüberliegenden Seite des Sees stand ein etwa fünfzehnjähriger Junge und starrte sie verärgert an.

Das zweite Siegel

Atento?« Nova zögerte einen Moment, doch dann fing sie an zu grinsen und rannte auf den Jugendlichen zu, um den kleinen See herum. Der andere schaute zuerst verdutzt, dann lief er ihr ebenfalls entgegen.

»Du bist es wirklich! Was machst du hier?«

Nova hielt ihre Hand zu einem High five hoch und Atento schlug ein. Kabuki und Natu kamen langsamer nach.

»Mit dir hätte ich nicht gerechnet!« Atento lächelte, sodass man seine weißen Zähne sehen konnte. »Ich hörte plötzlich Stimmen, da habe ich mich versteckt.«

In Kabuki brodelte es. Er hatte keine Ahnung, weshalb. Vielleicht war es das weiße Zahnpasta-Lächeln von Atento oder seine schwarzen Haare, die er mit Gel vorne lässig aufgestellt hatte, jedenfalls war er sich sicher, dass er diesen Kerl nicht mochte.

»Kann mir mal jemand sagen, was hier los ist?«, fragte er verärgert.

»Ähm ... Das ist Nahuel.« Nova zeigte auf ihn, als ob er das neuste Produkt einer Fernsehshop-Werbung wäre. »Er ist auch ein Geocacher und wir haben schon ein paar Schätze gemeinsam gefunden. Er geht mit meinem Bruder in eine Klasse und war mal mit uns in den Ferien.«

»Atento. Das ist mein Geocaching-Name.«

»Hi, ich bin Natu und das ist Kabuki«, stellte Natu sie vor.

»Dann seid ihr ja echte Profis«, meinte Kabuki bewusst schnippisch. Dann wandte er sich an Nova: »Sind wir nicht hier, um einen Schatz zu finden?«

»Ihr sucht also auch nach dem zweiten Siegel?«, wandte sich Atento an Nova, ohne auf Kabuki einzugehen. »Gestern Nacht habe ich ein Souvenir gefunden, das sich als das erste Siegel entpuppte. Es war in einem *Mystery-Cache*.«

Mystery-Caches waren die Sorte von Geocaches, die Kabuki hasste, weil man im Voraus immer ein Rätsel lösen musste. Und die hatten es meist in sich.

Nova dagegen meinte begeistert: »Cool, dann sitzen wir wohl alle im gleichen Boot. Wow, es ist bestimmt ein Jahr her, seit wir das letzte Mal gemeinsam cachen waren.«

»Ja, das war in den letzten Sommerferien. Da haben wir den Geocoin mit dem Totenkopf gefunden, weißt du noch?«

Da war es schon wieder, dieses verflixte Zahnpasta-Lächeln.

»Feiert ihr jetzt das große Wiedersehen oder was? Ich dachte, wir suchen nach dem Siegel!«, warf Kabuki ein.

Atento war Kabuki unsympathisch und er ärgerte sich über die Störung. Er wollte endlich das zweite Siegel finden.

»Ich glaube, ich weiß, wo sich der Cache versteckt. Seht ihr das?« Atento zeigte auf einen kleinen Felsen mitten im magischen See. Er lag nicht ganz unter Wasser und das Sonnenlicht fiel von oben direkt auf ihn.

»Und wieso sollte er gerade dort sein?« Natu blickte Atento skeptisch an.

»Weil es nach einem typischen Geocaching-Versteck aussieht. Wir haben keine anderen Hinweise. Die ganze Höhle abzusuchen wäre unrealistisch. Wir würden Jahre brauchen. Also muss es ein Ort sein, der einem sofort ins Auge sticht.«

»Ein magischer Ort.« Kabuki betrachtete die Sonnenstrahlen, die durch die offene Stelle in der Höhlendecke schienen. »Wie in einem Märchen.«

»Oder einem echten Abenteuer.« Nova stimmte ihrem alten Freund zu. »Ein Geocache erzählt immer eine Geschichte. Und am Ende, wenn man den Weg gefunden und die Rätsel gelöst hat, erfährt man, wie es ausgeht.«

Atento verließ den Pfad und kletterte zum Ufer hinunter. Er schlüpfte aus seinen Markenturnschuhen und aus dem schwarzen T-Shirt. Neidisch dachte Kabuki, dass er gerne auch so große Muskeln gehabt hätte.

Atento deponierte seine Sachen und das Smartphone am Ufer. Die Jeans behielt er an und tauchte seine Füße ins Wasser. »Boah! Ist das kalt!«

Nova schlitterte ebenfalls zum Ufer hinunter und sagte: »Ich passe so lange auf deine Sachen auf.«

Atento setzte sein Zahnpasta-Lächeln auf und benetzte kurz seinen Oberkörper. Dann ging er weiter, bis er bis zur Brust im Wasser war, und kraulte zu dem Felsen. In wenigen Zügen erreichte er den großen Stein. Er zog sich daran hoch und setzte sich darauf. »Hier liegen lauter kleine Steine«, rief er den anderen zu.

»Vielleicht ist einer davon der Cache«, antwortete Natu.

»Ja, das denke ich auch.« Atento inspizierte jeden Stein einzeln.

»Das dauert Jahre, bis er den richtigen findet.« Kabuki hielt es nicht mehr aus. »Irgendwie müssen wir doch auch was tun können.«

»Hab ihn«, rief Atento in diesem Moment und hielt einen kleinen Stein in die Höhe.

»Jahre, was?« Natu grinste.

Nova applaudierte. »Sehr gut, brauchst du Hilfe?«

»Nein, ich gucke es mir erst mal an.«

Atento schraubte den Deckel des fingerhutgroßen Cache ab, der an dem Stein befestigt war, nahm einen Zettel heraus und entfaltete ihn. »Das ist ein QR-Code. Den muss ich mit dem Smartphone scannen.«

In diesem Moment hörte Kabuki Gelächter und Stimmen, die von dem Gang herkamen, aus dem sie selbst gekommen waren. »Leute! Da kommt jemand! Beeilt euch!«

»Das sind bestimmt die Drachenflüsterer. Wahrscheinlich ahnen sie, dass wir hier drin sind.« Nova winkte aufgeregt zu Atento. »Du musst hierher schwimmen, damit du den Code scannen kannst.«

»Das dauert zu lange! Mit dem Zettel kann ich nicht zu euch kommen, der löst sich im Wasser auf.«

»Verflixt! Natu, hast du nicht etwas in deinem Ruck...« Kabuki blickte seinen Freund von Kopf bis Fuß an. »Wo ist dein Rucksack?«

»Den musste ich in einem Busch deponieren, weil ich verfolgt wurde. Mit dem Teil konnte ich nicht schnell genug rennen.«

Enttäuscht stieß Kabuki die Luft aus. Die Stimmen kamen immer näher.

»Aber ich habe das Nötigste dabei. Taschenlampe, Kugelschreiber und einen wasserfesten Packsack«, erklärte Natu. »Der ist eigentlich zum Kanufahren gedacht, untertauchen sollte man ihn nicht, aber Spritzwasser macht ihm nichts aus. Außerdem schwimmt er auf dem Wasser.

»Na los! Schmeiß rüber!« Nova fing den Sack, verstaute Atentos und ihr Smartphone darin und sprang ins kalte Nass. Sie schwamm zum Stein und hielt dabei den Sack über Wasser.

»Das dauert viel zu lange! Außerdem können wir nicht zurück, da laufen wir den Drachenflüsterern direkt in die Arme.« Kabuki sah sich verzweifelt in der Höhle um. Das Loch in der Höhlendecke war zu weit oben, um dort hinauszuklettern.

»Dann nehmen wir eben den Notausgang!«, meinte Atento achselzuckend und zeigte auf den Wasserfall, der vom türkisblauen See aus direkt in die Freiheit führte.

»Bist du bescheuert? An den Steinen werden wir uns alle Knochen brechen«, erwiderte Kabuki so leise wir möglich, damit die Drachenflüsterer sie nicht hörten.

»Du musst nur früh genug abspringen, dann passiert dir nichts. Das Wasser unten ist tief genug. Und so hoch ist es nicht.«

Kabuki sah ihn entgeistert an. Das konnte er doch nicht ernst meinen! Aber was sollten sie sonst tun?

Natu packte ihn hektisch am Arm und zog ihn zum Ufer hinunter. »Komm, uns bleibt nichts anderes übrig. Dann springen wir eben den Wasserfall hinunter, besser das als die Drachenflüsterer.«

Kabuki wehrte sich nicht, sondern ließ sich von Natu mit ins Wasser ziehen, als ob das Ganze ein Albtraum wäre. Im Gehen schnappte sich Natu Atentos Sachen.

Kabuki sah, wie Atento den Code scannte und das Handy wieder in dem Sack verstaute.

»Komm rüber! Schnell!« Natu winkte Nova zu, die bereits wieder auf dem Weg zurück war.

In diesem Moment kamen die Drachenflüsterer langsam in die Tropfsteinhöhle geschlendert. Sie waren zu dritt, Duracell, Nemirna und Lax, der Anführer dieser berühmt-berüchtigten Bande. Sie schienen sich ihrer Sache sehr sicher, schließlich kontrollierten sie den einzigen Ausgang. Kabuki stand einen Moment wie erstarrt da. Die Drachenflüsterer spielten nie fair, wie die Narbe an seinem Handgelenk bewies. Und leider schreckten sie vor nichts zurück. Kabuki sah die muskulösen Oberarme von Lax und erinnerte sich an den Tag, als er von ihm an der Kehle gepackt worden war. Die Angst kehrte zurück.

Plötzlich tauchte Nova neben ihnen auf. »Schnell! Packt alles rein!«

Sie hielt Natu den Plastikbeutel entgegen. Er steckte die Smartphones zu den anderen und packte Atentos Shirt und Schuhe oben drauf. Dann verschloss er den Sack ganz fest, während er weiterwatete.

»Komm endlich«, rief er Kabuki zu.

»Sie hauen ab!«, rief Lax und befahl Duracell ins Wasser zu steigen. »Schnapp dir zumindest einen von ihnen!«

Nova steuerte auf den Wasserfall zu, die Jungs hinterher.

»Wo ist Atento?«, rief sie atemlos.

»Der hat sich bestimmt schon aus dem Staub gemacht! Er haut einfach ab, weil er die Hosen voll hat«, erwiderte Kabuki verärgert.

Die Magie des Sees war verschwunden. Der tosende Wasserfall, auf den sie zutrieben, wirkte bedrohlich. Absolute Gefahr!

»Wir werden sterben!«, flüsterte Kabuki.

»Nein, das werden wir nicht«, versuchte Natu ihn zu beruhigen. »Denk daran: Früh abzuspringen, sonst müssen wir dich unten einzeln zusammenlesen.«

Kabuki warf einen Blick zurück. Duracell war bereits im Wasser und nahm Kurs auf sie. Nova war die Erste, die den Wasserfall erreichte. Kurz bevor der Strom sie nach unten ziehen konnte, sprang sie ab und verschwand.

Natu sprang hinterher. Jetzt war Kabuki alleine oben. Er fixierte den Sog direkt vor sich und bereitete sich auf den Sprung vor. Kurz bevor er die Absprungstelle erreichte, packte ihn etwas am Fuß und zog ihn zurück.

»Hab ich dich!« Duracell setzte ein breites Grinsen auf.

»Nein!« Mit aller Kraft kickte Kabuki unter Wasser Duracell mit dem anderen Bein in den Bauch und zog dann das Bein zurück. Duracell drückte seine Arme gegen den Bauch und Kabuki war frei. Bevor Duracell ihn erneut schnappen konnte, setzte er einen Fuß auf die Absprungstelle, stieß sich ab und sprang in die Tiefe.

Als er unten beim Wasserfall endlich wieder an die Oberfläche tauchte, rang Kabuki nach Luft. Die anderen Geocacher standen neben dem kleinen See bei einem Baum und versuchten, das Wasser aus ihren Kleidern zu wringen.

»Du hast es geschafft!«, freute sich Natu.

Kabuki hustete, da er etwas Wasser geschluckt hatte. »Duracell hatte mich fast geschnappt.« Er blickte zu den anderen. »Was stehen wir hier noch rum? Wir müssen abhauen, bevor uns die Drachenflüsterer nachkommen.«

Sie hasteten zusammen durch den Wald, dann trennten sie sich.

»Mein Rad steht in dieser Richtung, wir treffen uns im Park«, rief Nova den anderen zu und bog noch rechts ab.

Atento lief schräg nach links, während Kabuki und Natu noch ein Stück weiter geradeaus rannten. Dann schnappten sie sich ihre Räder und fuhren quer durch die Stadt, bis zum Park. Dort waren sie erst einmal sicher. Kabuki sah sich ein paar Mal um, konnte aber keine Verfolger entdecken. Außerdem waren im Park genug Menschen, dort würden die Drachenflüsterer keinen Angriff wagen.

»Und? Hast du den QR-Code noch?«, drängte Nova. Natu öffnete den wasserfesten Packsack und gab allen ihre Smartphones und Atento seine Kleidung zurück. Atentos Kleidung hatte ein paar Tropfen abbekommen, die Smartphones waren darunter jedoch völlig trocken geblieben.

»Ich habe den Code gespeichert und muss ihn nur noch aktivieren«, erklärte Atento.

Er hielt sein Handy so, dass alle auf das Display sehen

konnten. Nach einer kurzen Ladezeit öffnete sich ein Video-fenster und die Stimme einer Frau war zu hören.

»Willkommen in der Drachenhöhle. Wenn ihr dieses Video seht, habt ihr das zweite der sieben Siegel gefunden. Ich gratuliere euch.«

Kabuki hörte die Stimme, konnte aber das Gesicht dazu nicht sehen. Das Video zeigte lediglich den Höhlenboden.

»Mein Name ist Astra«, sagte die Frau, »der hellste Stern am Horizont. Ich habe die sieben Siegel versteckt. Und ihr seid auserwählt, sie zu finden.«

»Auserwählt?« Kabuki blickte begeistert in die Runde.

»Sie tarnen sich als Geocaches. Der nächste ist ab sofort auf eurem Geocaching-Account freigeschaltet.«

Als Atento sein Smartphone bewegte, bewegte sich das Bild im Video mit. Wenn er es in Richtung Boden hielt, sah er im Video den Höhlenboden. Wenn er es zum Himmel hielt, zeigte das Video die Höhlendecke.

»Das ist ein 360-Grad-Video! Wie cool ist das denn!«

Kabuki zeigte Atento, dass das Bild des Videos immer der Blickrichtung des Smartphones folgte. Als Kabuki das Gerät auf Kopfhöhe direkt vor sich hielt, konnten sie endlich sehen, wer zu ihnen sprach.

Natu war überrascht. »Ist das nicht …?«

»Vera«, beendete Kabuki den Satz. »Die Jugendarbeiterin unserer Kirche und unsere Relilehrerin.«

»Klar, das ist Frau Baumann!«, antwortete Nova. »Ich wusste gar nicht, dass sie eine Geocacherin ist.«

»Das hätte ich echt nicht gedacht, obwohl sie schon cool ist!«, rief Atento erstaunt aus. »Ich hab auch Reli bei ihr. Wahrscheinlich unterrichtet sie an mehreren Schulen.«

Astra erzählte weiter: »Wenn ihr den letzten Cache dieser Serie loggt, lüftet ihr das Geheimnis der sieben Siegel. Aber dafür müsst ihr ein Team werden. Ihr müsst zusammenarbeiten, nur dann könnt ihr das Geheimnis lüften. Und nur dann erfahrt ihr, ob ihr gut genug seid.«

»Gut genug wofür?«, wollte Natu wissen, aber natürlich konnte Astra ihn nicht hören.

In Kabukis Brust breitete sich ein Druck aus. Die Vorstellung, dass er mit Atento in einem Team zusammenarbeiten musste, fand er furchtbar. Mit diesem gegelten Angeber?

Astra erzählte weiter: »In der Welt des Geocaching gibt es Gruppen. Es gibt regionale Gruppen, ja sogar geheime Orden, die gemeinsam nach Schätzen suchen. Manchmal gründen auch Freunde eine Gruppe. Wenn ihr das Geheimnis der sieben Siegel wirklich lüften wollt, müsst ihr eine Gruppe gründen. Ihr müsst ein Team werden und beweisen, was in euch steckt. Aber ich warne euch, das wird kein Kinderspiel. Und hütet euch vor den *Muggeln*.«

An dieser Stelle endete das Video. Kabuki musste zuerst einmal tief Luft holen. Vor Aufregung hatte er fast vergessen zu atmen.

»Wow! Das ist echt cool!«, meinte Nova. Dann fragte sie: »Was meint ihr? Gründen wir ein Geocaching-Team?«

Atento nickte begeistert und auch Natu stimmte etwas zögerlich zu. Dann wanderten die Blicke der drei zu Kabuki, der innerlich noch mit sich haderte. Auf der einen Seite wollte er unbedingt das Geheimnis der sieben Siegel lüften. Bisher hatte er immer nur kleinere Caches gefunden, nichts Besonderes, aber es hatte ihm trotzdem Spaß gemacht. Eine Geocaching-Serie, die man nur als Gruppe lösen konnte, klang daher sehr verlockend. Auf der anderen Seite war da aber Atento, den er jetzt schon nicht ausstehen konnte. Dafür wäre Nova mit ihm Team. Unschlüssig sah Kabuki von einem zum anderen.

»Komm schon! Jetzt sind wir gemeinsam den Drachenflüsterern entkommen, da können wir auch ein paar Caches zusammen finden. Ist ja nur für fünf weitere Geocaches«, bat Atento. Obwohl er so viel älter war, schien er richtig Lust darauf zu haben, mit ihnen das Geheimnis der sieben Siegel zu lüften.

Schließlich gab sich Kabuki einen Ruck und sagte: »Einverstanden, gründen wir ein Team.«

»Cool! Ich bin sicher, es wird witzig, mit euch nach den Caches zu suchen«, freute sich Nova. »Am besten eröffnen wir eine Chat-Gruppe, dann können wir immer miteinander kommunizieren.«

»Bin schon dabei.« Kabuki zückte sein Smartphone und bat Nova und Atento um ihre Handynummern. Nachdem er sie eingespeichert hatte, klickte er auf »Neue Gruppe« und fügte die Namen der anderen drei hinzu.

»Und wie nennen wir uns?«, fragte er.

»Wie wär's mit Rosenkohl-Bande«, schlug Natu vor und grunzte vor Lachen.

Kabuki wurde rot und hoffte, dass die anderen Atento nicht von seiner Platzangst erzählten. Nova zwinkerte ihm zu.

»Nein, es muss cool klingen. Was haltet ihr von *Schatzjäger*?«, erwiderte Atento, aber er schien selbst nicht so ganz überzeugt von seinem Vorschlag.

»Nicht schlecht. Aber vielleicht was Englisches. Geocaching ist ja auch Englisch«, meinte Nova und überlegte weiter.

»Wie wär's mit *Cache Hunters*?«, fragte Kabuki.

»Yeah! Das klingt super! Cache Hunters«, wiederholte Natu mit lässigem Unterton.

Auch Nova und Atento waren mit dem Namen einverstanden. Kabuki war ein wenig stolz darauf, dass sein Vorschlag angenommen worden war. Vielleicht war das Team ja doch eine gute Idee.

Nova streckte ihre Hand aus und alle schlugen ein. Das war die Geburtsstunde der Cache Hunters.

»Öffnet mal die Infos zum dritten Siegel«, meinte Natu dann begeistert. »Ich bin gespannt, was nun kommt.«

»Hier steht, wir müssen die Tiere Afrikas, Asiens und Australiens einfangen«, las Nova verblüfft.

»Aber wir können doch nicht in alle möglichen Länder fliegen!«, rief Kabuki aus.

»Und Tiere einfangen ist sowieso verboten«, sagte Atento.

»Aber wir können in den Zoo gehen«, erklärte Natu.

Die Cache Hunters kontrollierten den Nullpunkt der Koordinaten und merkten, dass das nächste Siegel wirklich in den Zoo führte und sie dort verschiedene Aufgaben lösen mussten.

»Klingt sehr aufwändig«, seufzte Nova und scrollte durch die Beschreibung.

Natu blickte in die Runde. »Bis wir von hier aus im nächsten Zoo sind, haben wir wahrscheinlich nicht mehr genügend Zeit, um alle Aufgaben zu lösen, bevor der Zoo schließt.«

»Und wenn wir es auf morgen verschieben? Wir können uns ja früh treffen, damit wir genug Zeit haben«, schlug Kabuki vor.

Die anderen Cache Hunters nickten. Bevor sie sich voneinander verabschiedeten, verabredeten sie, sich am nächsten Tag direkt beim Zoo zu treffen, um das Geheimnis des dritten Siegels zu lüften.

Drachengeflüster

Ich bin wieder da!«, rief Kabuki, als er in den mit Familienbildern tapezierten Flur stürzte. Natu kam gleich hinterher. Kabuki lebte in einem Reihenhaus, das in derselben Straße und nur ein paar hundert Meter von dem fast identischen Haus entfernt lag, in dem Natu wohnte.

Er katapultierte seine Schuhe in die Ecke, doch gerade als er die Treppe hinaufeilen wollte, hielt ihn seine Mutter zurück.

»Moment, nicht so schnell. Wir sind hier nicht auf dem Bolzplatz. Stell deine Schuhe bitte normal hin.«

Sie kam gerade aus der Küche, aus der es nach Kohl roch. Kabuki rümpfte die Nase.

Erst jetzt entdeckte seine Mutter Natu. »Oh, hallo Jan! Schön, dass du da bist. Isst du bei uns zu Abend?«

»Sehr gerne.«

Natu lächelte und stellte seine Trekkingschuhe ordentlich nebeneinander zu den anderen.

Nachdem auch Kabuki seine abgewetzten Schuhe nach den Vorstellungen seiner Mutter platziert hatte, packte er Natu am Ärmel und zog ihn die Treppe hoch. »Wir haben noch was ganz Wichtiges zu erledigen, weißt du?«, rief er seiner Mutter zu.

»In zwanzig Minuten essen wir!«, hörte er gerade noch, bevor er die Zimmertür schnell hinter sich schloss. Er fuhr den PC hoch, während Natu sich auf die Bettkante setzte und seinen Rucksack öffnete.

»Die Cache-Serie ist der Hammer. So etwas Cooles hatten wir noch nie«, sagte Kabuki begeistert.

»Wenn wir Glück haben, führt sie uns vielleicht da hin«, meinte er, lehnte sich auf seinem Bürostuhl zurück und starrte auf das Poster, das über dem PC an der Wand hing.

Natu rollte mit den Augen und erwiderte: »Die Halle der Helden ist ein Mythos.«

Kabuki sah das Poster an. Er würde seinen Traum nicht beerdigen, nur weil Natu nicht daran glaubte. Er wusste, dass es die Halle der Helden gab, den Ort, an dem sich nur die besten Geocacher eintragen durften.

»Das Poster aus dem Geocaching-Magazin ist der Beweis, dass die Halle wirklich existiert!«, widersprach er schließlich. Er bestaunte den mächtigen Palast auf dem Poster, der mitten in einen Berg gebaut worden war. Gigantische Säulen stützten die Decke und an den Wänden hingen überall eingerahmte Bilder von Geocachern, die sich dort bereits verewigt hatten.

»Du hast nur das eine Magazin gelesen«, lachte Natu kopfschüttelnd und rückte seine Brille gerade. »Aber in den Internetforen beschreibt jeder, der angeblich dort war, die Halle anders. Einmal ist sie in einem Felsen, dann wieder mitten im Dschungel oder sogar in einer Oase in der Wüste. Das ist doch Quatsch. So was gibt es nicht.«

Kabuki biss sich auf die Lippe. Er glaubte, nein, er wusste, dass es sie gab. Es musste sie einfach geben. Und eines Tages würde auch er sich dort eintragen. Kabuki platzte fast vor Freude bei dem Gedanken daran. Er tippte so nervös auf der Tastatur herum, dass er sein Passwort auf dem Geocaching-Portal zweimal falsch eingab, bevor er sich endlich einloggen konnte.

Natu wandte sich seinem Rucksack zu und wühlte darin herum. »Wie findest du eigentlich Nova?«

Kabuki erschrak. Die Frage kam überraschend. Wieso woll-

te Natu das wissen? Für ein paar Sekunden stand die Zeit still. Seine Mundwinkel zogen sich nach oben. Sie war auch eine Geocacherin. Wow! Das hätte er nie gedacht. Er kannte kein anderes Mädchen, das sich getraut hätte, durch so einen Spalt zu klettern und einen Wasserfall hinabzuspringen. Ihre Kleider waren danach völlig dreckig gewesen. Aber Kabuki fand das nicht abstoßend. Nein, es gehörte zu ihr, wie Ketchup zu Pommes. Und die Kapuze gab Nova etwas Geheimnisvolles. Aber das wollte er seinem Freund nicht sagen.

»Sie scheint ganz okay zu sein«, murmelte er und linste zu Natu, um seine Reaktion zu sehen.

Natu öffnete einen Reißverschluss und trennte von seinem klobigen Rucksack den vorderen Teil ab. Dieser konnte separat als zweiter kleinerer Rucksack verwendet werden. »Okay, hm? Irgendwie traue ich ihr nicht so richtig, aber sie scheint viel herumgekommen zu sein.«

»Mhm.« Kabuki starrte wieder auf den Bildschirm. Er tippte Novas Name auf der Geocaching-Website ein und erforschte ihr Profil. Zunächst scrollte er durch ihre *History*, die zeigte, welche Caches sie wo gefunden hatte. »Boah! Sie war wirklich schon in allen möglichen Ländern. Finnland, Norwegen, USA, sogar Alaska.«

»Das gehört doch auch zu den USA«, belehrte ihn Natu.

»Auf jeden Fall sind es Länder, die nach Abenteuer schreien«, erwiderte Kabuki.

In der Zwischenzeit sortierte Natu seine Ausrüstungsgegenstände auf dem Boden. Gerade hielt er drei Taschenlampen in der Hand, eine kleine, eine mittlere und eine große. Er steckte die kleinste in den kleineren Rucksack, die anderen legte er auf den Boden zurück. Dann packte er noch eine Stirnlampe dazu. Er hatte schon den halben Rucksack ausgeräumt und auf eine Weise angeordnet, die wohl nur er verstand.

»Wie viele Caches hat sie denn schon gefunden?«, fragte er. »Das müssen Tausende sein.« Kabuki kam aus dem Scrollen gar nicht mehr heraus. Er klickte zurück auf die Übersicht. »1021 steht da. Und sie hat auch schon haufenweise *Travel-Bugs* und Geocoins gefunden.«

Kabuki war ein wenig neidisch. Er selbst hatte noch nicht viele solcher Anhänger und Medaillen entdeckt.

»Siehst du, und genau deshalb verstehe ich das nicht.« Natu balancierte zwischen seinen Ausrüstungsgegenständen zum PC hinüber. »Wieso hält sich Nova mit kleinen Caches in der Umgebung auf, wenn sie schon irre viele große Caches gefunden hat?«

Kabuki zuckte mit den Schultern. »Keine Ahnung! Aber im Geocaching-Magazin steht, dass das Abenteuer direkt vor deiner Haustür beginnen kann. Und ich glaube, das Geheimnis der sieben Siegel ist so ein Abenteuer. Das klingt nach was richtig Großem, verstehst du?«

»Hmm ... Rutsch mal rüber.« Natu setzte sich auf die andere Hälfte des Bürostuhls und rief Atentos History auf. »Na, der scheint ja ein richtiger Rätselcrack zu sein.«

Die meisten Caches, die Atento gefunden hatte, waren Mystery-Caches, bei denen man zuerst eine knifflige Aufgabe lösen musste, bevor man sie loggen durfte. Diese Caches erforderten sehr viel Aufwand und manchmal dauerte es tagelang, bis man das Rätsel gelöst hatte.

»Ich hasse Rätsel!«, verkündete Kabuki. Er seufzte und stützte gelangweilt den Kopf auf. Aber dann entdeckte er etwas, das ihn erschaudern ließ. »Verflixt! Sieh dir das an!« Er zeigte auf Atentos History-Einträge, die vor etwa einem Jahr gemacht worden waren.

»Die hat er mit den Drachenflüsterern gefunden«, hauchte Natu und ihm blieb vor Schreck der Mund offen.

Kabuki schlug mit der Faust auf den Tisch und biss die Zähne zusammen. Erbost rief er: »Der gehört zu den Drachenflüsterern!«

Natu versuchte ihn zu beruhigen. »Das war vor einem Jahr. Vielleicht gibt es dafür eine ganz logische Erklärung.«

»Nein! Einmal ein Drachenflüsterer, immer ein Drachenflüsterer.« Kabuki stand auf und lief aufgebracht durchs Zimmer. »Der lockt uns bestimmt in eine Falle. Wenn du einmal den Pin der Drachenflüsterer trägst, dann hast du deine Seele verkau-au-verflixt!« Er trat auf einen Lego-Stein, hielt sich den schmerzenden Fuß und hüpfte auf einem Bein zurück zum Schreibtisch.

»Pass doch auf!«, zischte Natu. »Das sind unsere Tauschgegenstände.«

Dann scrollte er weiter durch Atentos History.

Kabuki ließ sich auf die andere Hälfte des Stuhls fallen und befreite seinen Fuß von der Socke und warf sie auf den Schreibtisch. Sichtlich angewidert griff Natu mit Daumen und Zeigefinger nach der Socke und zog sie von der Tastatur weg.

»Kannst du deinen Tauschgegenstände-Flohmarkt das nächste Mal nicht woanders aufbauen?« Kabuki rieb sich den Fuß.

»Hey! Gute Ausrüstung muss geplant sein! Ab morgen müssen wir uns auf das wichtigste Material beschränken.«

Natu konzentrierte sich wieder auf den Bildschirm. »Komisch, dass wir Atento nie mit den Drachenflüsterern zusammen gesehen haben. Wenn Nova ihn wirklich so gut kennt, müsste sie eigentlich wissen, dass er mal einer war.«

»Das ist es!«, Kabuki schnippte mit den Fingern. »Wir stellen ihn morgen zur Rede. Dann hat er keine Chance auszuweichen.«

***

42

Nova bereitete sich auf den nächsten Tag vor. Sie lag auf ihrem Bett und betrachtete das Siegel, als es an der Tür klopfte. »Ja?« Sie schaltete ihr Smartphone in den Stand-by-Modus. »Wir müssen reden.« Linus betrat ihr Zimmer und setzte sich auf die Bettkante. Nova blickte ihren älteren Bruder fragend an und setzte sich ebenfalls. Linus klang ernst und das war für ihn ziemlich untypisch.

Jetzt legte er den einen Arm um ihre Schultern, den anderen streckte er von sich, als würde er die großartigste Idee seines Lebens verkünden. »Stell dir vor. Ein GPS-Gerät, das bis auf einen Meter genau deinen Standort erkennt, mit eingebauter Taschenlampe und UV-Licht. Und jetzt kommt das Beste! Das Teil ist auch noch wasserdicht.«

Nova neigte ihren Kopf zur Seite. »Und wofür brauchst du das?«

»Verstehst du denn nicht?« Er stand auf und fuchtelte begeistert mit den Händen. »Mit so einem Gerät finden wir jeden Cache schneller, als du Travel-Bug buchstabieren kannst.«

»Wir sind jetzt schon irre schnell.«

»Aber andere sind schneller.« Linus erklärte hastig weiter. »Ein Smartphone ortet dich nur auf fünf Meter genau. Weißt du, wie lange du suchen musst, wenn du mitten in einem Wald stehst und jede Wurzel gleich aussieht? In einem Umkreis von fünf Metern?«

Nova meinte unbeeindruckt: »Wenn du so begeistert bist, dann kauf dir das Teil doch.«

»Ich hab aber nicht genug Geld!«, wandte Linus ein.

»Dann wünsch es dir zu Weihnachten.«

»Weihnachten?« Jetzt fuchtelte ihr Bruder hektischer. »Das dauert noch Monate. Ich will doch nur ein Mal der Schnellste sein. Nur ein Mal.«

»Um einen First to find zu loggen, braucht es Können und

kein Super-GPS-Gerät.« Nova verschränkte die Arme und hob stolz den Kopf. Dass sie heute einen First to find mit einem besonderen Souvenir gefunden hatte, behielt sie lieber für sich. Sie wollte ihren Bruder nicht noch mehr verärgern. Besonders nicht nach all dem, was in letzter Zeit in ihrer Familie geschehen war.

»Ich weiß. Aber mit einem genauen Standort erhöhen sich die Chancen.«

»Okay, und wofür brauchst du mich?«

Linus zeigte ihr sein Smartphone. Auf dem Display sah sie sein Profil. In der Geocaching-Welt hieß er Flury. »Siehst du, wie viele Caches ich gefunden habe?«

»Ja, die meisten davon haben wir gemeinsam gefunden.«

Er schob das Smartphone zurück in seine Hosentasche. »Ganz genau. Und bei den meisten dieser Caches waren auch Schätze drin. Schätze, die zum Teil einen hohen Wert haben.« Er linste zur klobigen Schatzkiste, die gegenüber vom Bett auf dem Boden stand. »Komm, wir schauen sie uns an.«

Nova zögerte. Sie wusste nicht genau, worauf er hinauswollte.

»Du kannst sie nicht ewig verschlossen halten«, drängte ihr Bruder und zog aus dem Ausschnitt seines T-Shirts einen kleinen Schlüssel hervor, der an einem Lederband um seinen Hals baumelte.

Nova kniete sich vor die Schatzkiste, nahm ihre Halskette ab und steckte ihren kleinen Schlüssel in das rechte Schloss. Sie blickte unschlüssig zu Linus und fragte: »Bist du dir sicher?«

Die Kiste barg so viele Erinnerungen an die Zeit, in der ihre Mutter noch zu Hause gewesen war.

Er schob seinen Schlüssel in das linke Schloss der Schatzkiste, erwiderte ihren Blick und nickte. »Ja, es wird Zeit.«

Gleichzeitig drehten sie die Schlüssel um, klappten die Metalllaschen nach oben und öffneten den knarrenden Deckel der Kiste. Sie war mit Unmengen Travel-Bugs und Geocoins und ein paar Tauschgegenständen gefüllt.

Nova entdeckte zuerst den glänzenden Geocoin, auf dem ein Azteken-Kalender eingraviert war. Sie nahm ihn in die Hand und fuhr mit dem Daumen über die Kerben. »Den haben wir in der Karibik gefunden, weißt du noch?«

»Ja.« Linus schenkte ihr ein sanftes Lächeln, so wie sie es selten von ihm sah. »Und diesen hier haben wir in Finnland beim Kanufahren auf einer der kleinen unbewohnten Inseln entdeckt.« Er reichte ihr einen Anhänger, auf dem Travel-Bug stand.

»Oh ja! Du hast ständig behauptet, du hättest einen Bären gesehen. So lange, bis ich es dir geglaubt habe.«

Nova lachte bei der Erinnerung an diesen Urlaub, aber plötzlich spürte sie einen Druck auf ihrem Herzen, als ob jemand auf ihrem Brustkorb sitzen würde. »Das sind die einzigen Erinnerungen, die wir außer den Fotos an diese Zeit haben. Und irgendwann wandern sie zurück in einen Cache, wo sie dann ein anderer Geocacher findet. So sind die Regeln.«

Flury legte seine Hände auf ihre Schultern. »Wir könnten diese Erinnerungen behalten, indem wir sie eintauschen.«

Nova zuckte zusammen. »Wie meinst du das?«

»Na ja, dieses GPS-Gerät könnte ich gegen einen Teil der Schätze eintauschen. Wir würden sie zwar aus dem Umlauf nehmen, aber dafür würden die Erinnerungen in einem neuen Gerät weiterleben. Sie leben weiter, indem wir wieder auf Schatzsuche gehen. Gemeinsam.«

»Vergiss es!«, fauchte Nova, sodass Linus zwei Schritte zurücktrat. »Die bleiben da, wo sie sind, hast du kapiert?« Sie schlug den Deckel der Schatzkiste zu und verriegelte ihr

Schloss. »Wie kannst du es wagen, unsere Erinnerungen einzutauschen! Das ist nicht nur herzlos, sondern auch illegal!«

Jetzt wurde Flury wild. Er ballte seine Fäuste und schlug auf die Kiste. »Ich habe ein Recht auf die Hälfte dieser Schätze!«

»Nein! Niemand von uns hat alleine ein Anrecht auf irgendwelche Geocoins oder Travel-Bugs. Sie gehören uns zusammen. Mama und Papa haben uns die Schatzkiste geschenkt, damit wir unsere Schätze gemeinsam aufbewahren. Aber davon verstehst du nichts, was?«

Nova schubste Flury aus dem Zimmer, knallte die Tür zu und setzte sich davor, damit er nicht mehr hineinkommen konnte.

Flury polterte dagegen. »Wieso behältst du diese Erinnerungen? Es wird nie mehr so sein wie früher! Versteck sie von mir aus wieder oder wirf sie in den Müll. Wegen dieser Erinnerungen kommt Mama auch nicht mehr zurück. Sie hat sich gegen uns entschieden, als sie mit diesem Typen durchgebrannt ist.«

Nova hielt sich die Ohren zu. Tränen kullerten über ihre Wangen. Sie spürte Flurys Poltern. Jedes Wort von ihm traf sie mitten ins Herz, dort wo es am meisten wehtat. Sie konnte das Schluchzen nicht mehr unterdrücken. Flury schien es zu bemerken, denn das Poltern hörte plötzlich auf. Für ein paar Sekunden war es still.

»Hey, ich wollte nicht ...«, begann er.

Doch Nova schrie nur: »Hau ab!«

***

Als Lax das Esszimmer betrat und zum Tisch schaute, ahnte er bereits, was der kleine, rote Zettel bedeutete. *Essen ist im Kühlschrank*, stand darauf. Die Schrift seiner Mutter wirkte, als ob sie die Nachricht im letzten Moment geschrieben hätte, kurz bevor sie die Handtasche packte, den Autoschlüssel suchte, der wie immer im Wohnzimmer auf dem kleinen Glastisch vor der Couch lag, und hektisch das Haus verließ. So wie jeden Morgen, außer jeden zweiten Sonntag. Dann war Familientag. Manchmal auch nur Familiennachmittag, wenn seine Mutter viele Mails beantworten musste.

Lax schlurfte durch die Küche, öffnete den Kühlschrank und nahm die Plastikbox heraus, auf der ein weiterer roter Zettel klebte, mit derselben kaum lesbaren Handschrift. *Timo*, las Lax. »Schon wieder Makkaroni mit Käse!«, dachte er, als plötzlich sein Smartphone in der Hosentasche vibrierte.

Hey Lax! Aus unserem Deal wird leider nichts. Ich kann dir die Schätze für das GPS-Gerät nicht geben. Sorry. Flury.

Lax legte das Gerät unsanft auf den Küchentresen. Am liebsten hätte er laut geflucht. Aber wenn keiner da war, um es zu hören, erschien es ihm sinnlos. Dann lächelte er, als ihm einfiel, wie er doch noch an das kommen würde, was er wollte. Und er wusste auch schon, wie er Flury mit seinem neuen Plan um den Finger wickeln konnte.

Spurensuche

Kabuki entdeckte Nova und Atento sofort, als er mit Natu beim Zoo ankam. Er rümpfte die Nase, als er sah, wie Atento lässig gegen den Zaun lehnte und mit Nova quatschte. Sein schwarzes T-Shirt, die verwaschenen, teuren Jeans und die Markenturnschuhe zeigten, dass er nicht zu ihnen gehörte. Er kam aus einer anderen Welt. Aus der Welt der feinen Villen und protzigen Autos.

Der Zoo lag auf einer Anhöhe der Nachbarstadt, die das Ende einer Hügelkette bildete. Von hier oben sah man bis zur Vorstadt, aus der Kabuki, Natu und Nova kamen. Das grüne Band, das aus saftigen Feldern und dichten Wäldern bestand, wurde von einem Siedlungsgebiet unterbrochen, dem noblen Viertel, wo Atento und auch die Drachenflüsterer wohnten.

Kabuki sprang noch im Fahren von den Pedalen, und während sein Fahrrad mit voller Wucht in die Hecke knallte, lief er auf die beiden zu.

Nova linste unter ihrer Kapuze hervor. »Da kommt ja unser Hobbycacher mit seinem Supernerd. Habt ihr's auch noch geschafft?«

»Klar! Aber zuerst müssen wir etwas klären.« Kabuki blickte wütend zu Atento. »Wo hast du ihn?«

Atentos weiße Zähne blitzten auf. »Wieso bist so aufgebracht?«, wunderte er sich.

Kabuki ballte die Hände zu Fäusten. »Das ist kein Witz, okay? Ich will ihn sehen!« Auch wenn Atento älter und muskulöser war, wich Kabuki nicht vor ihm zurück, als er sich nun aufrichtete.

»Was willst du sehen?«

»Den Pin!« Natu trat näher und richtete seine Brille. »Wir wollen den Pin sehen, für den du deine Seele verkauft hast.«

»Ach so, verstehe, darum geht es also.« Nova atmete erleichtert auf. »Leute, beruhigt euch. Er gehört schon lange nicht mehr zu den Drachenflüsterern.«

»Du hast es gewusst?« Kabuki stand der Mund offen. Sekunden später fing er sich wieder. »Das hättest du uns sagen sollen!«

»Ach ja? Und wieso?« Nova verschränkte ihre Arme. »Ist das etwa wichtig?«

»Einmal ein Drachenflüsterer, immer ein Drachenflüsterer.« Hasserfüllt blickte Kabuki zu Atento.

»Wie könnt ihr so was sagen?« Nova legte Atento die Hand auf die Schulter. »Wenn jemand einen Bock geschossen hat, wird er bestraft. Aber danach bekommt er eine zweite Chance.«

Kabuki zeigte ihr die Narbe an seinem Arm. »Wenn jemand zu einer Bande gehört, die einem so etwas antut und dauernd gegen die Regeln spielt, dann hat er keine zweite Chance verdient.«

»Jetzt pass mal auf!« Atento packte Kabuki mit finsterem Blick am Shirt. »Du hast keine Ahnung, was ich durchgemacht habe. Wenn du dich einmal gegen die Drachenflüsterer stellst, dann bist du ihr ständiges Opfer. Sie lauern dir auf, du bist nirgends mehr sicher und lebst dauernd mit der Angst, verfolgt zu werden. Kapierst du das?«

Kabuki schluckte und schüttelte den Kopf. Er spürte Atentos festen Griff. Der schwere Blick von Atento verriet, dass er gerade von einer traurigen, düsteren Vergangenheit sprach. Kabuki sah Angst darin. Die Angst vor der Macht der Drachenflüsterer.

»Die paar Leute um Lax herum, Duracell und Nemirna, sind nur die Spitze des Eisbergs. Es gibt ein Netzwerk, das in andere Städte, ja sogar bis in andere Länder reicht. Ein Schwarzmarkt, auf dem mit Geocoins und Travel-Bugs gehandelt wird. Mit ganz seltenen limitierten Schätzen kann man da einen Haufen Kohle verdienen. Aber nur, wenn du es schaffst, an die Spitze zu kommen«, erklärte Atento weiter.

»Und Lax ist an der Spitze«, hauchte Kabuki ehrfürchtig.

»Nein«, widersprach Atento abschätzig. »Lax ist nur ein Hamster im Rad, der hofft, irgendwann sein Ziel zu erreichen. Und um dieses Ziel zu erreichen ...«

»... braucht er wertvolle Schätze, die er verticken kann«, ergänzte Nova.

»Ganz genau.« Der Hass aus Atentos Stimme war verschwunden. »Aber gerade weil er immer wieder zu kostbaren Stücken kommt, wird er mächtiger.«

Allmählich verstand Kabuki, wie sich die Drachenflüsterer organisierten. Sie waren nicht einfach nur eine fiese Bande. Sie waren ein kleines Teilchen in einem verflixt großen Puzzle.

»Wenn du ein Teil davon bist, braucht es extrem viel Kraft, um nicht unterzugehen. Geocoins, für die ich brutal viel Zeit gebraucht habe, bis ich sie endlich in den Händen hielt, haben sie mir einfach weggenommen. Ein Beitrag, den man leisten muss, wenn man zu den Drachenflüsterern gehört. Indem ich sie verlassen habe, konnte ich verhindern, dass sie mir alle nehmen.« Atento ließ von Kabukis Shirt ab und entfernte sich zwei Schritte von ihm.

Kabuki war durcheinander. »Wieso warst du denn überhaupt mal bei denen?«

Atento zögerte und erklärte dann. »Als wir hierhergezogen sind, hatte ich zu Beginn niemanden. Lax kam ziemlich bald zu mir und lud mich in sein Versteck ein. Dort lernte ich die Drachenflüsterer kennen, ohne zu wissen, wer sie sind. Ich freundete mich mit ihnen an und dann war ich plötzlich drin und machte mit.« Atento blickte bedrückt zu Boden.

Kabuki wusste nicht, ob er ihm glauben sollte. Fragend blickte er zu Nova.

Sie nickte ihm zu und sagte: »Du kannst ihm vertrauen.« Dann wandte sie sich an Natu: »Und du kannst das auch. Er ist kein Spion, sondern will wirklich in unserem Team sein. Das weiß ich.«

Kabuki gefiel es gar nicht, wie sie sich auf die Seite von Atento stellte. Aber er vertraute Nova. Wieso, wusste er nicht, es war so ein Bauchgefühl. Nach einem kurzen Schweigen sagte er daher: »Okay, du hast dir eine zweite Chance verdient.«

Natu stimmte ihm zu.

Atento erwiderte mit Begeisterung in der Stimme: »Dann holen wir uns jetzt das dritte Siegel! Schließlich sind wir zum Cachen hergekommen.«

»Natürlich. Los geht's! Wie lautet unsere Aufgabe?«, fragte Kabuki Nova, weil er sein Handy noch nicht bereit hatte.

Nova blickte auf ihr Smartphone. »Es geht um die Geschichte von Noah.«

»Noah?«, fragte Kabuki verblüfft.

»Ja, Noah. Der Typ, der von Gott den Auftrag bekam, eine Arche zu bauen, weil eine Sintflut bevorstand. Die Geschichte aus der Bibel.«

»Ach so, dieser Noah. Aber das ist doch eine Geschichte für Kindergartenkinder.«

Nova rollte mit den Augen und erklärte: »Nicht unbedingt. Gott war von den Menschen enttäuscht, weil sie abgrundtief böse waren. Sie begingen die schlimmsten Verbrechen. Deshalb wollte er sie mit einer großen Flut vernichten. Zuvor warnte er aber Noah und seine Familie, denn sie waren die einzigen guten Menschen auf der Erde. Sie mussten eine Arche bauen, damit sie sicher waren, wenn die Flut kam.«

Kabuki staunte nicht schlecht, dass Nova das alles so genau wusste.

»Okay, und was müssen wir tun?«, fragte Natu.

Nova scrollte auf dem Smartphone zur entscheidenden Stelle und las vor. »Nicht nur die Familie von Noah sollte verschont bleiben.« Sie hob den Zeigefinger. »Von jedem Tier musste ein Paar mit auf die Arche. Ein Männchen und ein Weibchen. Und genau zu diesen Tieren müsst ihr nun Hinweise finden. Wenn ihr alle gefunden habt, werdet ihr auch eure Arche finden.«

»Was bedeutet das denn schon wieder?« Natu blickte ratlos in die Runde.

»Vielleicht entdecken wir dann ein altes Schiff und müssen zum Wrack tauchen.« Atento sagte das, als ob er jeden Tag zu einem versunkenen Schiff tauchen würde. Kabuki fand das lächerlich. »Ja klar, wir müssen bestimmt hier im Zoo zu einem Wrack tauchen. Das wär mal was!«

»Egal, wir werden es sehen, wenn wir den Cache geloggt haben«, grinste Nova.

Kabuki schritt auf den Eingang des Zoos zu. »Los kommt! Packen wir's an!«

»Warte!« Nova hielt ihn zurück. »Es sind ziemlich viele Hinweise, die wir finden müssen. Am besten teilen wir uns und die Hinweise auf, damit wir schneller vorankommen.«

»Können wir nicht alle gemeinsam gehen?«

»Willst du das Geheimnis der sieben Siegel als Erster lüften oder nicht?«, konterte Nova.

Kabuki seufzte. »Okay. Natu und ich übernehmen die ersten drei Tiere und ihr die restlichen drei.« Er packte Natu schnell an seinem Rucksack und schleifte ihn mit.

»Mir soll's recht sein«, erwiderte Natu gleichgültig.

»Warte!«

»Was denn noch?« Kabuki blickte nicht zu Nova zurück, sondern sah zum Eingang.

»Wovor hast du Schiss?«

Er erstarrte. »Wie bitte?«

»Sag schon, wovor hast du Schiss?«

Kabuki drehte sich langsam um, ging auf sie zu und blickte ihr direkt in die rehbraunen Augen, die unter der Kapuze hervorlugten. »Wie meinst du das?«

»Hobbycacher und Supernerd? Glaubst du wirklich, ihr seid *das* Dream-Team? Du schnappst dir Natu, als ob er deine letzte Hoffnung wäre. Schaffst du es nur mit ihm?«

Kabuki sah sie verständnislos an: »Aber du hast doch gesagt, wir sollen uns aufteilen!«

»Ja, aber wer hat gesagt, dass ihr zwei zusammen geht?« Verschmitzt zwinkerte sie ihm zu.

Atento ging dazwischen. »Ist doch egal, wer mit wem geht.«

Kabuki reagierte nicht darauf. Am liebsten hätte er einen lauten Jauchzer von sich gegeben. Das coolste Mädchen, das er kannte, wollte mit ihm cachen gehen? Im selben Moment bekam er weiche Knie. Was, wenn sie viel besser war als er? Würde sie ihn dann für einen Versager halten?

Es gab nur eine Möglichkeit, das herauszufinden. »Also bilden wir zwei die eine Gruppe und Natu mit Atento die andere.« In diesem Augenblick rannte er auf den Eingang des Zoos zu. »Bis du dort bist, sind die Elefanten längst ausgestorben«, rief er lachend zurück und merkte, wie Nova die Verfolgung aufnahm.

An der Kasse holte sie ihn ein. Jeder bezahlte seine Karte zum ermäßigten Schülerpreis, dann stürmten sie los.

»Los, komm schon!« Nova war Kabuki bereits einen Schritt voraus und lief flink an den Leuten vorbei.

Kabuki versuchte aufzuholen. Er schlängelte sich ebenfalls durch die Gruppen, überholte Senioren und die kleinen Kinder, die aufgeregt von einem Gehege zum nächsten spurteten.

Sie mussten zuerst zu den Elefanten, die ihr Gehege im hinteren Teil des Zoos hatten. Vor ein paar Monaten hatten die grauen Dickhäuter ein neues Zuhause mit Innen- und Außenanlage bekommen.

»Der Park ist viel größer, als das Gehege vorher. Die Suche wird wohl kein Kinderspiel«, befürchtete Kabuki.

Er holte Nova ein, als sie vor einer drängelnden Menschenansammlung stehen bleiben musste, weil eine Pinguin-Kolonie in Begleitung von Zoowärtern den Weg entlang marschierte.

»Das ist die Parade! Pinguine sind meine Lieblingstiere.« Aufgeregt forderte Nova Kabuki auf, ihr zu folgen. Gebückt schoben sie sich durch die Menschenmasse nach vorne.

Die anderen Zoobesucher riefen verärgert: »Hey! Passt doch auf!« oder »Auch ihr könnt euch hinten anstellen!«, während sie die Pinguine bestaunten und fotografierten. Die beiden achteten nicht auf sie und kämpften sich weiter durch, bis sie bei den Pinguinen ankamen.

»Mann ist das cool.« Nova fischte ihr Smartphone aus der Hosentasche und knipste ein paar Fotos.

Sie strahlte und ihre Augen glänzten. Aus ihrer Kapuze lugten ein paar blonde Strähnen hervor. Nova sah nicht aus wie ein Topmodel, aber Kabuki fand sie trotzdem hübsch. Vor allem hatte sie dieselben Interessen wie er und für ein Mädchen war sie einfach cool.

»Schnell, wir machen ein Selfie mit den Pinguinen.« Nova packte ihn am Shirt und riss ihn damit aus den Gedanken. Hastig positionierte er sich mit ihr vor den vorbeiwatschelnden Pinguinen und Nova drückte ab.

»Und jetzt noch eines mit Grimasse.« Kabuki verzog sein Gesicht zu einer monstermäßigen Fratze.

Nova musste lachen und spitzte ihre Lippen für das Selfie.

»Ich schick die Bilder den anderen Cache Hunters. Mal schauen, ob sie uns auch eines schicken.«

Ein komischer Geruch ließ Kabuki die Nase rümpfen. Die Zoowärter hatten begonnen, den Pinguinen tote Fische aus ihren Plastikeimern zuzuwerfen. Die Vögel stürzten sich begeistert auf ihr Mittagessen und versuchten, sich gegenseitig die besten Happen abzujagen. Schließlich war die Fütterung vorbei. Als die Pinguine auf einen Nebenweg abbogen, löste sich die Menschenmasse langsam auf.

Kabuki und Nova näherten sich dem Elefantenpark. Kabuki hielt an einem hüfthohen Holzzaun an, um sich einen Überblick zu verschaffen, denn von dort aus konnte man den gesamten Park sehen.

Ein schmaler Trampelpfad führte vom Zaun aus in die Parkanlage hinunter bis zu einem riesigen, runden Gebäude, das wie ein Raumschiff aussah. Es hatte ein Muster wie ein Schildkrötenpanzer, das aus einzelnen kleinen Fenstern bestand. Der Park war gigantisch.

»Wie sollen wir da je die Antwort finden?«, seufzte Kabuki mehr zu sich selbst.

»Keine Panik. Wir haben doch die Hinweise.«

Nova zückte erneut ihr Smartphone, tippte auf den Hinweis-Button und las: »Fang die Tiere ein, indem du die Informationen suchst, die du brauchst, um die Fragen zu beantworten.«

»Super, so weit sind wir schon.« Kabuki schnippte ungeduldig mit den Fingern.

»Jetzt warte doch mal, es geht noch weiter«, erwiderte Nova und fuhr fort: »Die Antworten ergeben Buchstaben und Zahlen. – Zusammen mit denen von Natu und Atento müssen wir dann die neuen Koordinaten errechnen.«

»Klingt echt kompliziert«, sagte Kabuki missmutig und setzte sich auf die Bank vor dem Zaun, während Nova weiter in den Hinweisen scrollte.

»Oh Mann, Multi-Caches sind wirklich nicht dein Ding, was?« Nova setzte sich neben ihn. »Du als Suchertalent findest die Infos aus den Beschreibungen sicher schnell und ich beantworte die Fragen. So sind wir bestimmt ein super Team.«

Sie stand bereits wieder auf den Beinen und eilte den Trampelpfad entlang in Richtung Schildkröten-Raumschiff.

»Warte!«, schrie Kabuki und rannte ihr nach.

Der Trampelpfad führte in den Außenbereich des Parks. Kabuki entdeckte zwei kleine Weiher, in denen die Elefanten schwimmen konnten. Der sandige Boden glich einem Strand am Meer. Auf dem ganzen Gelände wuchsen Pflanzen, die es in den heimischen Wäldern nicht gab, dicke Bäume, deren Äste in den unterschiedlichsten Formen nach oben ragten mit Blättern, die Kabuki noch nie zuvor gesehen hatte.

»Wir müssen in den Innenbereich.« Nova starrte auf die digitale Landkarte, auf der sie das gesamte Areal im Blick hatte. »Der Wegpunkt ist genau auf der Überdachung.«

»Wow! Du bist echt ein prima Ersatz für Natu«, sagte Kabuki bewundernd.

Nova grinste. »Ein bisschen Supernerd habe ich neben dem Lexikon wohl auch in mir drin.«

Der Pfad mündete in einen breiteren Weg, der zum Eingang in den Innenbereich führte. Kabuki öffnete die Glastür und betrat das große Raumschiff. Der Geruch erinnerte ihn an einen Bauernhof. Durch die gemusterten Fenster drang Tageslicht, sodass die Halle tagsüber nicht beleuchtet werden musste.

Ein riesiger Wasserfall strömte von einem Berg hinunter, der mitten in der Halle stand und fast bis zur Decke reichte. Verwinkelte Wege führten um den Berg herum. Die Elefanten waren durch einen breiten Wassergraben von den unzähligen Zuschauern getrennt.

»Verflixt! Alles voller Muggel hier.« Nova bemühte sich, an den Leuten vorbeizuschauen. Muggel, also Leute, die keine Geocacher waren, sollten auf keinen Fall mitbekommen, wo ein Cache versteckt war. Deshalb musste man immer aufpassen, dass man sie nicht unbeabsichtigt auf eine Spur brachte.

In diesem Moment entdeckte Kabuki, wonach sie suchten. »Schau mal da.« Er zeigte auf eine Blockhütte, die auf halber Höhe an den Berg angebaut war. »Von da kann man alles überblicken. Und dort gibt es bestimmt eine Infotafel.«

Nova klopfte ihm anerkennend auf die Schulter. »Vielleicht habe ich mich doch in dir getäuscht.«

Sie nahmen einen der breiteren Wege und kamen an tropischen Bäumen und Holzhäusern vorbei, an denen man mehr über die Elefanten und ihren Lebensraum erfahren konnte.

»Na dann, los geht die Suche!« Kabuki linste einem Jungen über die Schultern auf die erste Infotafel.

Nova packte ihn am Arm und riss ihn weg. »Der Wegpunkt ist noch ein Stück entfernt, also muss es noch andere Infotafeln geben.«

Im hinteren Teil der Halle erreichten sie schließlich den Berg. Sie rannten den Weg hinauf und betraten die Blockhütte, die genau beim Wegpunkt stand.

Fotografierende Tierliebhaber, schreiende Kinder und Eltern, die das Mittagessen in Picknick-Boxen auspackten, versperrten ihnen die Sicht. Kabuki und Nova drängten sich bis zur Infotafel vor, um die Aufgaben zu lösen, die ihnen einen Teil der neuen Koordinaten verraten würden.

Im Revier der Drachenflüsterer

Zu dieser Zeit saß Lax auf der Rückbank seines lagunenblauen VW-Busses. Der alte Bulli T1 stand auf dem Schrottplatz und gehörte seinen Eltern. Die Farbe war fast überall abgeblättert und auf der Karosserie kamen rostige Stellen zum Vorschein.

Auf der Rückbank hatte er schon als kleiner Junge gesessen, als er mit seinen Eltern durch Europa gekurvt war. Damals hatte er auf den Sitzen, die man in ein Bett verwandeln konnte, übernachtet. Von jedem Ort hatte er etwas mit nach Hause nehmen dürfen. Meistens war dies ein Magnet gewesen und er hatte eine beachtliche Sammlung zusammengestellt. Damals hatten seine Eltern noch eher Zeit für einen gemeinsamen Urlaub gehabt, aber auch nicht mehr als eine Woche im Jahr. Seine Eltern waren neben dem Beruf sehr engagierte Menschen.

»Außer, wenn es um ihren Sohn geht«, dachte Lax verbittert.

Inzwischen fuhren sie nicht mehr gemeinsam in Urlaub. Als Oberärzte waren beide die meiste Zeit im Krankenhaus und operierten Patienten. Als Entschädigung dafür, dass sie so wenig Zeit hatten, hatte er den Schrottplatz bekommen, wie seine Eltern ihn nannten. Diesen hatte Lax zum Revier der Drachenflüsterer gemacht. Früher war der Schrottplatz ein Abenteuerspielplatz gewesen, den sein Großvater gebaut hatte. Als sein Großvater gestorben war, hatte er das Gelände

Lax' Eltern geschenkt und sie hatten es Lax vermacht. Es gab dort immer noch Häuser aus Blech, Kletterwände und sogar eine Werkstatt. Auch eine kleine Burg, in der man hochsteigen und über das ganze Areal blicken konnte, stand da. Inmitten der Anlage befand sich ein riesiger Drache. Er reichte über den Stacheldrahtzaun hinaus, der das Gebiet absperrte.

Der Drache war aus Metall und der Kopf bildete den Eingang zum Geheimversteck der Drachenflüsterer. Alte Autos, Hängematten und irgendwelche Kunstwerke aus Eisen standen und hingen überall auf dem Platz. Hier roch es nach Abenteuer!

Duracell, der Erfinder bei den Drachenflüsterern, schraubte für Lax gerade an einem Stahl-Dingsbums herum, etwas Neues für die Geocaching-Ausrüstung. Lax beobachtete ihn durch die zersplitterte Scheibe des Bullis. Nemirna half eigentlich ihrem jüngeren Bruder in der Werkstatt, jedoch scrollte sie die meiste Zeit gedankenverloren auf ihrem Handy herum.

»Hallo?«

Bei diesem Ruf drehte sich Lax zum Eingang, aber er konnte nicht erkennen, wer dort stand. Nemirna ließ ihr Handy in die Hosentasche gleiten und schlenderte zum Drachenkopf.

»Es ist Flury«, rief sie.

Bevor Lax sein Okay für den Einlass geben konnte, rasselte schon das Gittertor im Kopf des Drachen nach oben. Lax ärgerte sich darüber und beschloss, Nemirna später zur Rede zu stellen. Kaum hatte Flury das Hauptquartier der Drachenflüsterer betreten, kurbelte Nemirna das Tor wieder nach unten.

»Hast du etwas Neues für mich?« Lax kletterte aus dem Bulli und ging lässig auf Flury zu.

»N-nein, a-aber ich versuche weiter, an die Schätze und Geocoins heranzukommen.«

Lax bemerkte das Zittern in Flurys Stimme. Er spürte seine Angst und das gefiel ihm. Das war der Respekt, den er sich wünschte!

Lax klopfte ihm auf die Schulter. »Ich habe ein besseres Angebot für dich.« Noch bevor Flury etwas sagen konnte, begleitete Lax ihn in seinen Bus.

Der Anführer ließ sich auf eine der beiden Rückbänke sinken und wies Flury an, sich ihm gegenüber hinzusetzen. »Du konntest deine Schwester also nicht überzeugen?«

Flury seufzte. »Ich habe es versucht. Aber so einfach ist das nicht. Sie rückt die Schätze nicht raus. Da hängen zu viele Erinnerungen dran.«

»Schade«, antwortete Lax vorwurfsvoll. »Da wären sicher ein paar wertvolle Geocoins dabei gewesen. Die sind auf dem Schwarzmarkt einen Haufen Kohle wert. Da hättest du dir locker das neue GPS-Gerät kaufen können.«

Flury rückte auf der Bank nervös hin und her. Diese Nervosität zeigte Lax, dass Flury anbiss. Er wusste genau, wo er ansetzen musste.

»Tja, da werde ich mir wohl ein anderes Mitglied für die Drachenflüsterer suchen.«

Mit erhobenem Kopf blickte Lax aus dem zersplitterten Fenster des Bullis.

»Du meinst ... du hättest mich aufgenommen?«

»Klar, wenn du deinen Job gut machst, spricht nichts dagegen. Aber jetzt sieht es anders aus.« Lax sah, wie es in Flury arbeitete.

»Gibt es keinen anderen Weg für mich, dabei zu sein?«, flehte Flury. »Komm schon, ich tue alles, was du willst.«

»Wirklich alles?« Lax drehte langsam seinen Kopf zu Flury und schaute ihm tief in die Augen.

»Na ja, ich leg niemanden um oder so, aber sonst mach ich alles.«

Mit Zeigefinger und Daumen fuhr sich Lax über sein Kinn und zog die Augenbrauen hoch. »Gehst du mit deiner Schwester eigentlich noch oft cachen?«

Flurys Blick war verwirrt. »Nein, schon lange nicht mehr. Ich glaube, sie hat die Lust am Geocaching verloren.«

Lax lehnte sich zu Flury. »Und wenn ich dir sage, dass sie seit gestern in einer Geocaching-Bande ist?«, fragte er leise, fast flüsternd.

Flurys Augen wurden groß. Sein Mund stand offen. »Quatsch«, hauchte er.

Lax zog sein Smartphone aus der Hosentasche und zeigte ihm die Fotos von seiner Schwester, die er am Vortag in der Höhle geschossen hatte. »Gestern aufgenommen. Bei uns in der Drachenhöhle.«

»Das darf nicht wahr sein!« Wütend stand Flury auf und verließ den Bus. Er kickte auf dem Kiesplatz in einen kantigen Stein, der an eine der Blechhütten knallte. »Wieso tut sie so etwas?«

»Vielleicht weil sie jetzt Freunde hat. Merkst du das nicht?« Auch Lax stieg aus dem Bus. Er sah, dass Flurys Gesicht rot war vor Wut. Jetzt hatte er ihn da, wo er ihn haben wollte. Er ging noch ein Stück näher an Flury heran und sagte leise: »Sie braucht dich nicht mehr.«

Er konnte sehen, dass Flury sich verraten vorkam. Der Moment war gekommen. Es war Zeit für den Pakt.

»Du kannst dich rächen, weißt du? Wenn du es deiner Schwester heimzahlst, kannst du zu unserer Bande gehören.«

»Ja, werde ein Teil der Drachenflüsterer«, Nemirna tauchte plötzlich hinter einem der Schrottautos auf. »Komm zu uns. Das willst du doch, oder?«, fragte sie.

Flury lehnte sich gegen eine Blechhütte und blickte zu Lax.

»Wie soll ich es meiner Schwester heimzahlen? Was willst du von ihr?«

»Weißt du, weshalb Nova mit ihren neuen Freunden unterwegs ist?«

Flury schüttelte den Kopf.

»Weil sie an etwas dran sind. Sie sind einem Geheimnis auf der Spur.«

»Was für ein Geheimnis?« Flurys Interesse war geweckt.

»Das Geheimnis der sieben Siegel.« Nemirna stand dicht hinter Flury.

Flury war sichtlich verwirrt: »Und wofür braucht ihr mich?«

»Wir müssen sie im Auge behalten. Ich will wissen, was das für ein Geheimnis ist. Und wenn sie kurz davor sind, es zu knacken, müssen wir zuschlagen.« Lax rieb sich die Hände. »Damit wir sie immer im Blick haben, müssen wir sie orten können.«

»Du willst Novas Passwort, damit du immer siehst, wo sie ist?«, fragte Flury.

»Du hast es geschnallt.«

Flury drehte sich um, machte einen Bogen um Nemirna und hastete zurück zum Drachenkopf. »Tut mir leid, da mach ich nicht mit. Ich bin zwar sauer auf sie, doch das kann ich meiner Schwester nicht antun«, rief er im Laufen.

Lax nickte Nemirna auffordernd zu. Sie rannte zum Tor und hielt die Kurbel fest.

»Lass mich raus!«, schrie Flury.

»Und was willst du dann tun?« Lax blieb cool beim alten Bulli stehen. »Überleg doch mal, was dich bei uns alles erwartet. Geld, Anerkennung – und du wärst ein Mitglied der Drachenflüsterer. Du würdest dann zu uns gehören. Aber dafür müssen wir vor den anderen das Geheimnis lüften. Betrachte es als eine Art Mutprobe, die du bestehen musst, um bei uns aufgenommen zu werden.«

Einen Moment sagte niemand etwas. Gespannt wartete Lax auf Flurys Entscheidung.

»Null, vier, null, vier«, nuschelte Flury.

»Wie bitte?« Lax hatte ihn zwar verstanden, aber er wollte, dass Flury es noch einmal wiederholte. Er liebte das Gefühl von Macht, das er spürte, wenn die anderen ihm gehorchten.

»Null, sieben, null, sieben«, würgte Flury heraus. »Das ist das Passwort. Der siebte Juli. Der Tag, an dem wir unseren ersten Cache gefunden haben. An meinem Geburtstag.«

Lax konnte sehen, dass Flury das schlechte Gewissen plagte. Auf keinen Fall durfte Flury seinen Entschluss bereuen und seiner Schwester alles beichten. Deshalb schlug Lax ihm auf die Schulter und sagte: »Willkommen bei den Drachenflüsterern. Du bist jetzt ein Mitglied auf Probe.« Dann nickte er Nemirna erneut zu. Sie kurbelte das Tor hoch und grinste Flury an, der mit gesenktem Kopf durch das Tor ging und das Reich der Drachenflüsterer verließ.

»Wir sehen uns morgen«, rief ihm Lax hinterher.

Dann ging er schnell in seinen Bus. Jetzt konnte er sich in Novas Account einloggen und würde zu jeder Zeit wissen, wo sie war.

Neue Hinweise

Kabuki und Nova hatten alle Antworten gefunden. Anhand der Infotafeln mussten sie beantworten, wo die Elefanten herkamen, was sie fraßen und wie der älteste Elefant hieß. Ähnliche Fragen mussten sie auch noch bei zwei weiteren Tieren beantworten, während sich Natu und Atento mit den anderen Tieren beschäftigten.

Etwas später trafen sich Kabuki und Nova mit Atento und Natu am Zooeingang. Atento war schon dabei, die Koordinaten zu suchen. Einige Buchstaben der Lösungswörter wurden in Zahlen umgewandelt.

»Verstehe, dann wird das A aus unserem Wort Afrika eine Eins. Weil das A der erste Buchstabe im Alphabet ist.« Kabuki war stolz, weil er verstand, wie das Rätsel funktionierte.

Atento dagegen machte sich lustig über ihn und meinte mit ironischem Unterton: »Wow! Du hast ja echt was drauf!« Er hatte mittlerweile schon fast die Endkoordinaten herausgefunden. »Vielleicht hast du doch das Potenzial, ein echter Rätselcrack zu werden.«

Kabuki bemerkte entmutigt, dass das für Atento ein Kinderspiel war. Durch die vielen Mystery-Caches, die er schon geloggt hatte, kannte er die verschiedensten Arten von Rätseln.

Nova klopfte Kabuki aufmunternd auf die Schulter. »Hey, nicht alle können überall gleich gut sein. Atento würde vielleicht einen Cache, der als Wurzel im Wald getarnt ist, nicht erkennen, auch wenn er direkt vor seiner Nase wäre.«

Kabuki grinste und als er Novas herzhaftes Lachen hörte, musste auch er lachen.

»Vielleicht können wir uns auf das nächste Siegel konzentrieren.« Natu blickte genervt von Kabuki zu Nova. »Unser echter Rätselcrack hat nämlich gerade die Koordinaten herausgefunden.«

Während Natu sie auf dem Smartphone eintippte, blickte Nova nochmals verschmitzt zu Kabuki. Er zwinkerte ihr zu.

Bevor sie sich auf den Weg machten, packten die vier erst einmal die Brote aus, die sie sich fürs Mittagessen mitgenommen hatten, und stärkten sich für den weiteren Weg. Anschließend schnappten sich alle ihre Fahrräder und radelten in Richtung Nullpunkt. Die Koordinaten führten sie zunächst den Weg zurück, den sie am Morgen gekommen waren. Ziemlich lange fuhren sie über den glatten Asphalt, vorbei an Feldern, wo Ähren im Wind raschelten. Sie überquerten eine alte Holzbrücke, bis sie schließlich mitten in einer Wohnsiedlung anhielten.

»Und? In welchem Umkreis soll ich suchen?« Kabuki lehnte sein Fahrrad an einen Baum und legte sein Spiralschloss um die Speichen.

»Keine Ahnung.« Natu blickte kontrollierend auf das Smartphone. »Die Dinger sind einfach nicht genau genug.«

Kabuki schaute sich um. Er sah den kopfsteingepflasterten Weg, von dem sie gekommen waren. Dass der Cache als einer dieser Steine getarnt war, glaubte er nicht. Das war zu heikel, da jeden Tag Leute über diesen Weg gingen. Kein gutes Versteck.

Nova blickte in die Äste eines Baums. »Vielleicht hängt er da oben irgendwo.«

»Steht in der Beschreibung, dass er aus dem Stand nicht erreichbar ist?«, fragte Kabuki während er den Baum unauffällig untersuchte. Er hoffte, dass die Passanten nicht auf ihn aufmerksam wurden.

Atento sah nach und stellte fest: »Nein, da steht nichts in der Art.«

Während die anderen weitersuchten, klettere Kabuki den Abhang hinab, der zu einem kleinen Rinnsal führte. Vorsichtig balancierte er am Ufer entlang. Das Wasser kam aus einer Kanalröhre, die mit einem rostigen Gitter verschlossen war. Vielleicht war der Cache magnetisch und hing am Gitter. Als Kabuki daran zog, öffnete es sich mit einem lauten Knarren.

»Hey! Bist du blöd?«, zischte Natu, der jetzt oben am Ufer stand. »Noch auffälliger geht's wohl nicht!«

»Die Gittertür ist nur angelehnt.« Kabuki öffnete sie ganz und checkte, ob daran etwas befestigt war. »Nichts.«

»Na dann mach sie wieder zu, bevor uns jemand erwischt.«

»Gleich.«

Mit den Augen suchte Kabuki die Wand des Kanals ab und entdeckte das Symbol des Siegelrings mit dem A in der Mitte. Es war beim Eingang rechts an die Wand gezeichnet.

»Schau dir das an!« Er winkte Natu herbei, der einen Moment zögerte, bevor er zu Kabuki hinunterkletterte. »Ich komme. Musste warten, bis die Luft rein war.«

Er blickte in die Kanalröhre. »Du hast den nächsten Hinweis gefunden!«

»Und uns gleichzeitig in den Untergang katapultiert«, ergänzte Kabuki. Er tippte mit dem Finger auf den Pfeil, der unter dem Siegel an die Mauer gesprayt war. Er zeigte direkt in die Kanalröhre.

»Das ist die Hölle!«, flüsterte Kabuki mit schweißnassen Händen, »zumindest für mich.« Er dachte an den Spalt in der Höhle und verspürte plötzlich einen Druck in der Brust.

»Habt ihr ihn gefunden?« Nova stand mit Atento oben auf dem Gehweg.

»Nein, aber Kabuki hat ein aufgemaltes Siegel gefunden – mit einem Pfeil, der ins Innere dieses Kanals führt.«

Nova und Atento schlitterten den Abhang hinab und sahen sich das Siegel an. Atento zuckte mit den Schultern. »Na, dann müssen wir da rein.«

»Spinnst du?«, protestierte Kabuki. »Da drinnen ist es stockfinster und wir haben keine Ahnung, wo uns diese Röhre hinführt.«

»Hoffentlich zum Cache.« Natu kramte aus seinem Rucksack eine Stirnlampe hervor und befestigte sie auf seinem Kopf.

»Was ist, wenn wir nicht mehr zurückfinden?« Kabuki stand wie angewurzelt da. In diesem Moment wünschte er sich, dass er den Hinweis nicht gefunden hätte.

»Er hat recht. Kanalschächte sind verwinkelt. Die führen vielleicht durch die ganze Stadt. Am besten legen wir eine Spur, damit wir den Ausgang wiederfinden.« Nova zog ihre Kapuze zurecht.

Atento nickte zustimmend. »Du meinst, wie bei Hänsel und Gretel?«

»Ja, nur dass uns hier die Brotkrumen davonschwimmen und uns auch die Kieselsteine nichts nützen.« Sie wandte sich Natu zu. »Hey, Supernerd. Hast du nicht was Brauchbares in deinem Zauberrucksack?«

»Aber klar doch.« Natu griff erneut in das Hauptfach. »Hier habe ich ein Knäuel Schnur.« Er reichte Nova die Rolle.

»Da kommen Leute!«

Die vier Cache Hunters taten so, als würden sie Steine suchen, bis die Fußgänger verschwunden waren.

»Sie sind weg!« Nervös sprang Kabuki in das Rinnsal. Sofort füllten sich seine Schuhe mit Wasser. »Verflixt, ist das kalt!«

Er schlich ein paar Schritte ins Innere des Kanals. Plötzlich merkte er, wie sich etwas in seinen Locken verfing. Natu knipste die Stirnlampe an und gab ihm Licht. Als Kabuki nach oben sah, würgte er. »Hier wimmelt es von Spinnen.«

»Ja und?«, fragte Natu.

Kabuki zögerte und blieb beim Eingang stehen.

»Kommt jetzt, das schaffen wir.« Nova befestigte das eine Ende der Schnur am rostigen Gitter. Sie übergab das Knäuel Natu. »Du sorgst dafür, dass wir hier wieder rausfinden.«

Natu nickte und ging vor. Atento und Nova betraten dicht hinter ihm den Kanal.

»Nun komm schon. Schalt doch das Licht an deinem Smartphone ein, dann siehst du auch, wo du hingehst«, rief Nova Kabuki zu und verschwand in der Dunkelheit.

Kabuki atmete tief durch, aktivierte das Licht, versuchte an etwas Schönes zu denken und stieg geduckt in den Kanal. Er tastete sich mit der einen Hand an der Wand entlang, mit der anderen versuchte er, den Weg mit dem fahlen Lichtstrahl seines Handys zu beleuchten. Auf dem rutschigen Untergrund hatte er nicht viel Halt, weshalb er nur langsam durch die Röhre tappte.

»Oh Mama«, stöhnte Atento weiter vorne. »Ihr habt echt Glück, dass ihr hinten seid. Ich bahne für euch hier gerade einen Weg durch die Spinnennetze.«

Kabuki wollte lieber nicht wissen, welche Tiere Atento noch so aufscheuchte. Er hatte genug damit zu tun, keine Panik in dem engen Kanal zu bekommen. Langsam atmete er aus.

Nova drehte sich zu ihm um. »Alles klar?«

»Jaja.« Seine Stimme war zittriger, als er gedacht hatte. Kabuki blieb dicht hinter Nova. Er versuchte alles auszublenden, was um ihn herum war. »Okay, jetzt ganz easy bleiben. Konzentrier dich auf den Weg. Es ist genug Luft um dich herum. Du kannst das«, sprach er sich selbst in Gedanken Mut zu. Er blickte kurz nach hinten und stapfte dann weiter. Während er langsam vorwärtsging, schaute er immer wieder zurück zum Licht am Anfang des Tunnels. Doch nun machte der Kanal eine Kurve und das Licht verschwand.

Je weiter Kabuki und seine Freunde dem Kanal folgten, desto lauter wurde das Rauschen des Wassers.

»Kommt da ein Wasserfall?«, rief Nova unsicher nach vorne.

»Keine Ahnung, aber wir haben noch ein ganz anderes Problem.« Natu wartete, bis Kabuki und Nova aufgeschlossen hatten. »Wir haben keine Schnur mehr.«

Nova stöhnte. »Na supi. Wieso hast du nicht mehr von dem Zeugs mitgenommen?«

»Hey, ich musste mich auf wenig Material beschränken«, verteidigte sich Natu. »Sei froh, dass in diesem kleinen Rucksack überhaupt Schnur mitgekommen ist.«

»Hast du noch was anderes im Rucksack?«, wollte Atento wissen.

Natu überlegte kurz. »Leider nein, nichts was uns in dieser Situation nützen könnte.«

Kabuki stöhnte auf. Er musste weitergehen. Das Rumstehen verstärkte seine Platzangst. »Egal, wir gehen weiter. Wir sind vier Geocacher, da werden wir uns wohl merken können, welchen Weg wir gegangen sind. Los Atento, du bahnst uns wieder den Weg. Immerhin handelt es sich hier um das Geheimnis der sieben Siegel. Und niemand hat gesagt, dass das ein Kinderspiel wird.«

Atento schenkte ihm ein Lächeln, als hätte er ihn durchschaut. »Klar, wir schaffen das.«

Es kamen noch zwei Kurven und das Rauschen war mittlerweile so laut, dass Kabuki nicht mehr verstand, wenn Atento und Natu etwas sagten. Der Gedanke daran, dass sie in diesem Moment tief unter der Erde waren, holte das beklemmende Gefühl zurück. Plötzlich schnürte sich Kabukis Hals immer weiter zu. Er blieb stehen und schnappte nach Luft.

Nova drehte sich zu ihm um. »Ganz ruhig. Atme tief ein und aus. Alles wird gut«, beruhigte sie ihn.

Kabuki versuchte, ihren Anweisungen zu folgen. Doch bevor er sie umsetzen konnte, nahm Nova seine Hand und zog ihn hinter sich her.

Kabuki war baff. Das beklemmende Gefühl war zwar noch da, aber er fühlte sich nicht mehr so allein. Seine Hand, die Nova fest im Griff hatte, entspannte sich ein wenig.

Nova schaute nach vorne. Sie fragte ihn nicht mehr, ob er okay war, sondern marschierte einfach stumm weiter. Das Wasser reichte ihnen mittlerweile bis zu den Waden. Vor ihnen offenbarte sich nun, woher das Rauschen kam. Hier gab es einen Schacht nach oben. Dieser war durch ein Gitter abgesperrt, aus dem ein schmaler, aber kraftvoller Wasserstrahl herabfiel. Links führte ein zweiter Kanal weiter.

Natu drehte sich um. Der Lichtstrahl seiner Stirnlampe fiel auf Kabukis und Novas Hände. Sofort ließ Nova Kabukis Hand los. Kabuki fühlte sich ertappt. Er spürte Natus Blick so intensiv, dass sich die Härchen auf seinem Körper aufstellen.

Natu tat so, als ob er nichts gesehen hätte, blickte wieder nach vorn zu Atento und fragte: »Und jetzt? Wie geht's weiter?«

»Eine Abzweigung können wir uns ja noch merken«, meinte Atento.

Die anderen nickten zustimmend und folgten dem linken Kanal. Da der kleine Wasserfall hier für eine stärkere Strömung sorgte, stützten sie sich mit den Händen an den Kanal-wänden ab.

»Da oben ist was!« Natu, der mit seiner Stirnlampe den ganzen Kanal vor sich ausleuchtete, wies auf ein paar Rohre an der Decke, in denen eine Plastikbox eingeklemmt war.

»Das ist er!«, freute sich Atento und nahm die Box. »Lasst uns noch ein Stück vom Wasserfall weggehen, hier ist e so laut!«, rief er den anderen zu.

Gemeinsam gingen sie weiter, bis sie an eine Kreuzung kamen, wo die Strömung nicht mehr so stark war und es mehr Platz gab. Sie stellten sich in einem Kreis zusammen und Atento öffnete die Plastikbox. Er nahm einen laminierten Zettel heraus.

»Das ist wieder ein QR-Code, den den wir scannen müssen.«

Atento aktivierte die Scanner-Funktion seines Smartphones und las den Code ein. »Mist! Wir haben hier drin keinen Empfang.«

»War ja klar.« Natu schüttelte den Kopf. »Scannen wir eben alle den Code und schauen draußen, um was es geht.«

»Und wenn wir nochmals hier rein müssen?«, fragte Kabuki ängstlich.

»Das glaube ich nicht.« Atento reichte den Code weiter und alle scannten ihn. Danach deponierte er den laminierten Zettel erneut in der Plastikbox. Sie gingen zurück und Atento klemmte die Box wieder unter den Rohren fest, als sie dort vorbeikamen, denn ein echter Geocacher legt Hinweise immer wieder zurück.

Auf dem Rückweg wateten die vier stumm hintereinander in Richtung Ausgang.

»Da ist die Schnur«, jubelte Nova plötzlich und rollte sie im Zurückgehen wieder ein.

»Gott sei Dank!«, dachte Kabuki. Dann war es nicht mehr weit. Der Rückweg kam ihm nun viel kürzer vor. Dennoch war er heilfroh, als er den Ausgang sehen konnte.

Als Kabuki den Kanal endlich verlassen konnte, streckte er seinen Rücken durch und atmete tief durch. Sie hatten es geschafft!

Nachdem sich alle kurz erholt hatten und das Gitter wieder an seinem Platz war, schauten sie nach, was hinter dem QR-Code steckte. Das dritte Siegel leuchtete auf.

»Yeah!«, freute sich Natu und streckte seinen Arm in Siegerpose nach oben.

Mit dem dritten Siegel kam auch gleich ein nächstes Rätsel.

»Schaut mal, der nächste Cache ist ein Mystery«, freute sich Atento, da das sein Spezialgebiet war.

Es war ein *Logical*, das sie lösen mussten, um die Koordinaten für den nächsten Cache zu bekommen.

»Kommt, das Logical füllen wir gemeinsam aus und schicken die Antwort an den Eigentümer des Cache, damit wir die Koordinaten bekommen«, schlug Nova vor.

»Leute, ich muss heute noch mit meiner Familie weg. Verwandte besuchen.« Natu rollte mit den Augen.

»Ach, auf die paar Minuten kommt es doch auch nicht mehr an.« Atento blickte ungeduldig auf die ersten Fragen des Logicals.

»Glaubt mir, auf die kommt es an«, beharrte Natu mit großen Augen. »Wenn ich zu spät komme, müsst ihr den Cache morgen alleine suchen.«

»Besser wir lassen es für heute«, meinte Kabuki. »Sonst riskiert Natu Hausarrest.«

»Okay.« Enttäuscht schloss Atento die Geocaching-App. »Aber wisst ihr was? Ich löse das Ding heute noch. Dann sparen wir Zeit und können morgen gleich weitersuchen.«

Widerwillig stimmte Kabuki zu. Die Cache Hunters verabschiedeten sich voneinander und verabredeten, die Jagd gleich am nächsten Tag fortzusetzen. Kabuki und Natu fuhren gemeinsam los, da sie den gleichen Heimweg hatten.

***

Spät am Abend stand Kabuki im Schlafanzug vor dem Spiegel im Badezimmer. Er hielt sein Gesicht dicht davor und fletschte die Zähne. Alles sauber.

Er spannte die Muskeln seiner Oberarme. Wie lange man wohl trainieren musste, um an Atento heranzukommen? Ein paar Liegestütze jeden Abend konnten bestimmt nicht schaden.

Er löschte das Licht, öffnete die Tür und horchte kurz in den Gang hinaus. Seine Mutter war immer noch unten im Wohnzimmer und schaute fern. Eigentlich musste er schon lange im Bett sein. Ein leises Schnarchen aus dem Zimmer seiner Eltern verriet ihm, dass sein Vater bereits schlief. Die Luft war rein. Kabuki trippelte auf Zehenspitzen um die Ecke in sein Zimmer.

Vorsichtig schloss er die Tür, legte sich ins Bett und zog die Decke hoch. Er schnappte sich sein Smartphone. Keine Nachricht von Natu. Komisch, eigentlich schrieben sie jeden Abend miteinander.

Kabuki hatte ihm schon drei Nachrichten gesendet, aber Natu antwortete nicht, obwohl jeweils zwei blaue Häkchen auf dem Display anzeigten, dass er die Nachrichten gelesen hatte. Kabuki überlegte. Ob es daran lag, dass Nova seine Hand gehalten hatte? Aber das konnte Natu eigentlich egal sein, schließlich hatte es nichts mit ihm zu tun.

Kabuki wälzte sich hin und her. Keine Position war bequem. War Natu eifersüchtig?

Kabuki hörte, wie seine Mutter die Treppe hochkam. Oh nein, Schlusskontrolle! Hastig legte er sein Smartphone unters Bett und drehte sich auf die Seite, mit dem Gesicht zur Wand, damit seine Mutter sein Gesicht nicht sehen konnte.

Leise öffnete sich die Tür und seine Mutter kam vorsichtig ins Zimmer. Er spürte ihren Blick, auch wenn er ihn nicht sah. Kabuki machte lange, ruhige Atemzüge. Mittlerweile wusste er, wie er atmen musste, damit es so klang, wie wenn er schlafen würde.

»Gute Nacht, mein Schatz«, flüsterte seine Mutter und verließ das Zimmer wieder.

Kabuki lauschte auf die Geräusche in der Umgebung und wartete ab, bis sie ihre Zähne geputzt hatte und sich die Tür zum Schlafzimmer hinter schloss. Sofort nahm er sein Smartphone wieder hervor und schaute nach, ob Natu geschrieben hatte. Nichts.

Na dann eben nicht. Er wischte durch die Bilder, die er heute geschossen hatte, und blieb bei einem Selfie stehen, das ihn mit Nova im Zoo bei den Elefanten zeigte. Er musste grinsen.

Kabuki ging wieder zurück in den Chat und klickte auf Nova. Er wollte ihr eine Nachricht senden. Aber was sollte er ihr schreiben? Er wollte ihr sagen, wie schön er den Tag gefunden hatte, und wie toll es gewesen war, mit ihr gemeinsam die Aufgaben im Zoo zu lösen. Aber das konnte er ihr doch nicht einfach so sagen! Er überlegte noch eine Weile, dann schrieb er: *War ein super Tag heute.* Er hängte noch einen lachenden Smiley dran und drückte auf »senden«. Sein Herz pochte jetzt doppelt so schnell wie vorhin. Vielleicht hätte er ihr doch nicht schreiben sollen.

Nova lag mit feuchten Haaren im Bett unter in ihrer Decke. Nach dem Tag im Zoo und danach im Kanal hatte es sie sofort unter die Dusche gezogen. Das Erdbeershampoo beseitigte alle Gerüche und sie liebte es, nach dem Duschen im Bett unter der kuscheligen Decke zu liegen.

Sie nahm ihr Smartphone und schaute, was sie alles verpasst hatte. Eine Nachricht von Laura, die ein Bild von einem Sonnenuntergang am Meer geschickt hatte. Wahrscheinlich Italien, dort hatte sie Verwandte. Nova schickte drei Herzchen zurück.

Danach öffnete sie die Nachricht von Kabuki. *War ein super Tag heute.* Die Nachricht hatte er nicht an die Gruppe verschickt, sondern nur an sie. Sie dachte noch einmal über den Tag nach. So viel Spaß hatte sie schon lange nicht mehr im Zoo gehabt! Und danach im Kanal war es richtig spannend gewesen, weil sie nicht gewusst hatten, wo sie etwas finden würden. Kabuki hatte sich trotz seiner Platzangst hineingetraut. Das fand sie mutig. Als er Panik bekommen hatte, hatte sie einfach seine Hand genommen. Sie war über sich selbst überrascht gewesen. Er hatte sich von ihr mitziehen lassen. Ob ihm das unangenehm gewesen war? Aber dann hätte er jetzt bestimmt nicht geschrieben!

Sie sah, dass Kabuki online war. Wahrscheinlich wartete er auf eine Antwort von ihr.

Ja, fand ich auch, tippte sie in das Textfeld, hängte einen zwinkernden Smiley an und schickte die Nachricht ab.

Neben dem Textfeld erschienen sofort zwei blaue Häkchen. Kabuki antwortete aber nicht mehr. Nach ein paar Sekunden ging er offline.

Nova verließ den Chat und öffnete die Foto-App. Sie schaute sich ein Selfie von sich und Kabuki an und musste über seine ulkige Grimasse lachen. Es war wirklich ein toller Tag gewesen. Sie schaltete ihr Smartphone aus und deponierte es auf ihrem Nachttisch.

Das Versteck

Es war kurz vor Mittag und die Sonne stand hoch am Himmel, als sich Kabuki und Natu mit Nova und Atento an einem abgelegenen Ort am See trafen. Kabuki war mit Natu zum See gefahren, hatte ihn aber weder auf das Geschehen im Kanal noch auf die unbeantworteten Nachrichten angesprochen, denn er war sich nicht sicher, wie er mit dieser Situation umgehen sollte.

Atento hatte das Logical über Nacht gelöst. Im Logical suchte Noah in der Arche nach der Taube und Atento musste herausfinden, wo sich die Taube befand, ein Kinderspiel für ihn. Kaum hatte er die Antwort, hatte er den Cache Hunters über den Chat Bescheid gegeben, wo die Koordinaten hinführten. Und da standen sie nun, mitten im Nirgendwo.

»Und wo müssen wir lang?« Kabuki schaute sich ungeduldig um.

Dieser Teil des Sees war ein abgelegenes Naturschutzgebiet. Hier kamen nicht viele Muggel vorbei, nur hin und wieder ein paar Spaziergänger, die an den Pfützen über den schlammigen Boden vorbeischlenderten. Der See war von ein paar großen Laubbäumen umgeben und mitten im Wasser war eine kleine Insel. Am Ufer steckte ein Holzschild im Boden, auf dem stand: Baden verboten!

»In der Beschreibung steht, dass uns die Taube zu unserer Arche führen wird. Die Taube haben wir gefunden, die Koordinaten bekommen, also muss diese Arche hier irgendwo sein.« Während er sprach, schob Natu verärgert seine Brille nach oben, die ihm dauernd herunterrutschte. »Der Nullpunkt ist genau hier, vor dem See.«

Kabuki zeigte mit beiden Händen auf das Wasser hinaus. »Seht ihr hier eine Arche? – Ich nicht!«

»Aber sie muss hier sein! Ich habe das Logical richtig gelöst.« Atento seufzte, kratzte sich am Kopf und schaute sich um.

»Vielleicht hat unser Rätselcrack auch nicht immer Glück«, meinte Kabuki vorwurfsvoll.

»Glück? Zum Lösen von Rätseln braucht man kein Glück. Das ist Können.« Atento blickte auf Kabuki herab und verschränkte die Arme.

»Ganz genau. Und Atento hat es drauf. Wenigstens gibt er sich Mühe«, warf Natu ein, während sein Blick weiterhin an seinem Smartphone haftete.

Kabuki fragte sich verwundert, ob Natu sich jetzt absichtlich auf Atentos Seite stellte, um ihm eins auszuwischen.

»Wieso bist du so schnippisch? Rätsel sind nicht mein Ding, das weißt du genau«, verteidigte sich Kabuki aufgebracht.

Natu ging auf ihn zu. »Ja! Und Orientierung, Ausrüstung und schwierige Aufgaben auch nicht.« Bei jedem Punkt stupste er Kabuki mit dem Finger gegen den Brustkorb. »Was kannst du eigentlich?«

Kabuki wich zurück und stieß seine Hand weg. »Sag mal, bist du bescheuert? Was soll das?«

Nova ging dazwischen. »Hey Jungs, macht mal halblang. Wir sind ein Team, okay?«

»Ein Team?« Natu warf die Arme in die Luft. »Langsam glaube ich, dass Atento und ich das einzige Team hier sind. Der da«, er zeigte auf Kabuki, »schwebt auf Wolke sieben.«

»Das nimmst du zurück!« Kabuki stürzte sich auf ihn und warf ihn zu Boden.

»Du bist verknallt!« Natus Worte trafen Kabuki wie ein Pfeil. Ein Pfeil, der ihre Freundschaft vergiftete.

»Halt die Klappe!« Kabuki setzte sich auf Natus Brust und schob die Knie auf seine Oberarme, damit er sich nicht mehr bewegen konnte.

Natu wehrte sich, strampelte mit den Beinen und versuchte sich zu befreien. »Geh von mir runter!«

»Jetzt haltet mal beide die Klappe!«, schrie Atento.

Augenblicklich waren die beiden still und Kabuki blickte erstaunt zu ihm hoch. Natu ergriff die Gelegenheit und warf Kabuki von sich runter.

Atento rollte mit den Augen und murmelte: »Wie im Kindergarten.« Er blickte auf sein Smartphone. »Wir haben da was übersehen. Hier unten stehen Zahlen. Aber ich komme nicht drauf, was sie bedeuten.«

Kabuki konzentrierte sich nun auf Atento und beachtete Natu nicht mehr.

»Echt?« Nova schaute sich die Zahlen an. »Da steht eins, vierzehn, neunundzwanzig.«

Kabuki sprang auf. »Und was bedeutet das?« Sein Ärger auf Natu war wie weggeblasen. Das nächste Siegel war für ihn jetzt wichtiger.

Natu erhob sich und wischte sich den Dreck von seiner Fleecejacke. »Als ob du eine Ahnung hättest«, giftete er.

»Können wir uns jetzt auf den Cache konzentrieren?« Genervt strich sich Nova mit den Fingern über die Stirn. »Also Koordinaten sind es nicht.«

»Haben sie vielleicht etwas mit Noah und der Arche zu tun?« Kabuki stand ungeduldig daneben.

»Das ist es!« Nova schnippte mit den Fingern.

Atento zog die Augenbrauen hoch. »Was? Noah?«

»Ja, also nicht direkt.« Aufgeregt wischte Nova über ihr

Smartphone. »Das ist eine Bibelstelle. Die zweite Zahl ist das Kapitel und die dritte Zahl zeigt den Vers an. Dann muss die erste Zahl das Buch in der Bibel sein.«

»Eine Eins. Mit welchem Buch beginnt die Bibel?« Natu gesellte sich wieder dazu.

Kabuki linste auf Novas Smartphone und sah, wie sie die Bibel als App öffnete.

»Die Bibel beginnt mit Genesis, das wird auch das erste Buch Mose genannt. Also ist es Genesis, Kapitel 14, Vers 29.« Nova hielt inne. »Es gibt keinen Vers 29 in dem Kapitel.«

»Dann haben die Zahlen doch eine andere Bedeutung«, meinte Kabuki enttäuscht.

»Augenblick! Die Bibel hat zwei Teile. Vielleicht ist es das erste Buch im Neuen Testament? Dann wäre es Matthäus, Kapitel 14, Vers 29.«

Erwartungsvoll beobachtete Kabuki, wie sie die Stelle in der App aufschlug und vorlas: »,Dann komm', sagte Jesus. Und Petrus stieg aus dem Boot und ging über das Wasser, Jesus entgegen.« Novas Augen funkelten.

»Also ist der Cache im Wasser? Wie sollen wir denn übers Wasser gehen?« Natu zuckte ratlos mit den Schultern.

»Versteht ihr das nicht? Es ist wie bei Petrus. Als er Jesus auf dem See erkannte, konnte er übers Wasser laufen.« Sie eilte zum Ufer.

»Hast du nicht gesehen? Da steht Baden verboten!«, rief ihr Kabuki hinterher und zeigte auf das Schild.

»Wer hat denn hier was von Baden gesagt?«, erwiderte sie lachend.

»Sie hat recht.« Atento folgte ihr und winkte Kabuki und Natu auffordernd zu. »Es ist wie bei Petrus. Wir laufen einfach übers Wasser. Der Cache ist bestimmt auf der Insel.«

»Ja klar, wir gehen übers Wasser, ganz einfach«, foppte Natu.

»Genau, übers Wasser! Unter der Wasseroberfläche gibt es Pfosten. Die starten gleich da vorne, wo es etwas tiefer wird, und gehen bis zur Insel.«

Als alle am Ufer standen, zeigte Nova auf die Wasseroberfläche.

Kabuki ging in die Hocke und blickte mit zusammengekniffenen Augen über den See. »Wow, du hast wirklich gute Augen.«

Nova strahlte. »Und? Wer will zuerst?«

»Ladies first«, sagte Natu und ging zwei Schritte zurück, um Nova Platz zu machen.

Nova stellte sich ans Ufer. Sie fixierte die einzelnen Pfosten, die nur schwach unter der Wasseroberfläche durchschimmerten. »Links, rechts, links, links, rechts, links, rechts, rechts, links«, wiederholte sie die Reihenfolge der Pfosten, um sich diese einzuprägen. Dann begann sie, übers Wasser zu laufen.

Elegant balancierte sie von einem Pfosten zum nächsten. Am liebsten hätte Kabuki sie angefeuert, aber er ließ es bleiben. Er hoffte, dass sie keinen Fehler machte und nicht ins Wasser stürzte. Diesmal hatten sie keinen Plastiksack für die Handys dabei und es wäre ziemlich ärgerlich gewesen, wenn Novas Smartphone einen Wasserschaden erlitten hätte. Beim drittletzten Pfosten kam Nova ins Schwanken und versuchte verzweifelt, ihr Gleichgewicht zu korrigieren.

Kabuki schloss die Augen und biss die Zähne zusammen. Er drückte seine Zehen nach unten, sodass sie sich fast durch die Sohlen seiner Schuhe bohrten. Als er die Augen wieder aufmachte, stand Nova mit beiden Beinen am Ufer der kleinen Insel.

»Du hast es geschafft!« Kabuki streckte seine Arme empor.

»Ich bin der Nächste!«, rief Atento. Er stand bereits am Ufer.

Ohne Probleme schaffte er es, die Pfosten zu überwinden. Auch bei ihm jubelte Kabuki. Als er sah, wie Atento und Nova sich abklatschten, wäre er gerne ebenfalls schon auf der Insel gewesen.

»Jetzt du«, forderte Natu Kabuki auf.

Kabuki zögerte. Gezielt springen und dann noch das Gleichgewicht halten, das war eine echte Herausforderung. »Von mir aus darfst du gerne vorgehen.«

»Okay.« Natu schlurfte zum Ufer, setzte den ersten Fuß auf den Pfosten und balancierte los. In einem guten Tempo schaffte es auch Natu samt Rucksack ans andere Ufer. Somit war auch die Ausrüstung gerettet.

Jetzt konzentrierte sich Kabuki auf die spiegelglatte Oberfläche. Genau in diesem Moment kam die Sonne hinter den Wolken hervor. »Verflixt! Das blendet! Ich kann die Pfosten nicht richtig sehen!« Kabuki konnte die Augen nur noch mit Mühe auf dem Wasser halten, da die Sonne sich so stark im Wasser spiegelte.

»Komm, ich sag dir die Reihenfolge vor«, rief Nova. Sie stand so dicht am See, dass das Wasser ihre ohnehin schon nassen Schuhe streifte.

Kabuki nickte und stellte sich auf den ersten Pfosten.

»Links«, hörte er Nova rufen.

Mit ihrer Hilfe balancierte er über einen Pfosten nach dem anderen. Ohne Probleme, ohne zu stolpern, er folgte einfach nur ihren Anweisungen.

»Du hast es geschafft!« Nova und er klatschten sich ab, Atento jubelte, ja sogar Natu grinste ihn fröhlich an. Darüber war Kabuki besonders erleichtert.

· Tannen, Laubbäume und verwildertes Gestrüpp ließen die Insel wie einen Urwald erscheinen. Für eine so kleine Insel war sie ziemlich stark bewachsen.

»Der Cache könnte hier überall sein«, stöhnte Natu.

Kabuki stapfte als Erster durch das Dickicht und drückte das dornige Gebüsch nieder. Als er aufblickte, entdeckte er Efeu, der sich um eine Eiche schlang. Irgendetwas daran kam ihm komisch vor. Er ging darauf zu und zog an einer Ranke. Als er sie vom Baum wegriss und sie zwischen seinem Zeigefinger und Daumen durchglitt, bestätigte sich seine Vermutung.

»Leute! Das ist gar keine Ranke! Das ist ein Seil!«, rief er begeistert.

Das Seil war braun-grün und mit künstlichen Efeublättern getarnt. Kabuki entwirrte es. »Das führt bestimmt irgendwo hin.« Während er das sagte, entdeckte er eine hölzerne Plattform oben in den Baumkronen.

Neugierig stellten sich die anderen um Kabuki herum und blickten ebenfalls nach oben.

Kabuki zeigte zu den Baumkronen. Eine Platte breitete sich über vier Eichen aus. Sie hatte die Farbe der Baumkronen und war mit Blättern getarnt. Man musste direkt darunter stehen, um sie zu erkennen.

»Da hat sich jemand ganz schön viel Mühe gemacht.« Atento studierte die Ecken der Plattform, die mit den Bäumen verschmolzen. »Es sieht aus, als ob die Platte in die Bäume eingewachsen wäre. Vielleicht ist sie schon sehr lange dort oben.«

Kabuki blickte auf das Seil in seinen Händen. »Und damit müssen wir wohl hochklettern.«

»Los, mach schon! Entwirr das Ding ganz. Dann sehen wir weiter.« Natu konnte es kaum erwarten.

Kabuki kämpfte sich noch ein paar Runden um den Baum durchs Dickicht, bis das Seil frei von der Plattform herunterhing.

»Und jetzt?«, fragte Nova.

Kabuki zog dreimal daran. Nichts passierte.

»Vielleicht gibt es bei den anderen Eichen auch welche«, überlegte Kabuki laut.

Nova ging zu einem der Bäume. »Ja hier ist auch eine getarnte Liane.«

»Hier ist auch eine!« Natu entwirrte das Seil am dritten Baum und Atento tat bei der vierten Eiche das Gleiche.

Erwartungsvoll schwang Kabuki das Seil und blickte nach oben. Das Ende verschwand in einem Loch in der Plattform, sodass er nicht sehen konnte, wo es hinführte.

»Vielleicht müssen wir gleichzeitig daran ziehen«, schlug Nova vor.

Kabuki hielt sein Seil mit beiden Händen fest. »Auf drei ziehen wir alle daran. Bereit?«

Die anderen nickten ihm zu.

»Eins ... zwei ... drei ...« Kabuki zog so fest, wie er konnte. Plötzlich gab es einen lauten Knall, wie wenn man eine Türe eintreten würde. Von der Plattform löste sich etwas. Er ging sofort in Deckung. Nova hechtete ins Gebüsch und auch Atento zog den Kopf ein und schützte ihn mit den Händen. Nur Natu blieb stehen und beobachtete gebannt, was geschah.

Der Knall löste eine Strickleiter aus, die von der Plattform hinunterfiel, sich quer über das Feld zwischen den vier Eichen schwang und Natu mit voller Wucht traf, sodass es ihn zu Boden schleuderte. Kabuki erschrak und ein paar Sekunden war es still.

»Autsch!« Benommen versuchte Natu aufzustehen, schaffte es aber nicht. Er hielt sich den Kopf und sein Blick sah gequält aus.

Kabuki eilte sofort zu ihm und wollte ihm helfen.

»Lass!«, wies Natu ihn ab und drehte ihm den Rücken zu.

Kabuki ließ sich nicht abwimmeln. »Jetzt sei nicht so ein Trotzkopf und lass mich sehen.« Er schaute ihn mitfühlend an. »Ich will dir doch nur helfen.«

Natu wandte sich ihm zu und nahm die Hand vom Kopf. Oberhalb der Stirn hatte er eine rote Stelle, aber er blutete nicht. »Das gibt eine fette Beule. Ist dir übel?« Kabuki hoffte, dass er keine Hirnerschütterung hatte.

»Nein«, antwortete Natu.

»Alles okay?« Nova befreite sich aus dem Gebüsch.

»Ja, geht schon wieder.« Natu stand auf und packte fluchend die Leiter. »Blödes Ding!«

»Du bist hart im Nehmen.« Atento blickte nach oben. »Und? Wer will zuerst hoch?«

Kabuki war total aufgeregt. Für einen Geocache war er noch nie auf eine versteckte Plattform in den Bäumen geklettert. »Ich mach's!«

»Du?« Natu schaute ihn überrascht an. »Seit wann bist du so scharf darauf vorauszugehen?«

»Hey! Immerhin habe ich das Seil zuerst entdeckt. Also klettere ich da auch zuerst hoch. Und schlimmer als der Kanal ist das bestimmt nicht«, entgegnete Kabuki.

Entschlossen schritt er auf die Strickleiter zu und nahm sie an sich.

Bevor er hochkletterte, zog er zweimal fest an der Leiter. Sie schien zu halten. Er setzte seinen linken Fuß auf die erste Sprosse. Dann den rechten Fuß auf die zweite. Je höher er kam, desto unstabiler und wackeliger wurde es und die Leiter schwang hin und her.

»Kann mal jemand die Leiter halten?« Ächzend kletterte er weiter nach oben. Nova umklammerte die Strickleiter mit beiden Armen und versuchte so, sie zu stabilisieren.

Als Kabuki die ersten Tritte gemeistert hatte, bereute er es, nie etwas für seine Armmuskeln getan zu haben. In Abenteuerfilmen, wenn der Held irgendwo nach oben kletterte, sah das immer so einfach aus. »So ein Käse! Vergammelter, blöder Stinkkäse«, fluchte er vor sich hin. Auf seiner Stirn spürte er Schweißtropfen, die in seine Brauen rannen und dann den Weg zu seinen Augen nahmen. Er blinzelte sie weg. Stufe für Stufe zog er sich nach oben.

Seine Arme brannten vor Anstrengung, aber sein Kopf dachte nicht ans Aufgeben. Kabuki wollte den anderen beweisen, dass er es draufhatte. Kurz verschnaufte er. Dann sammelte er nochmals seine Kräfte und blickte nach oben. Die Plattform war nur noch ein paar Sprossen von ihm entfernt. Langsam kletterte er weiter, bis er die Plattform erreichte und sich durch die Luke schieben konnte. Dann lag er keuchend auf dem Boden.

»Yeah! Du hast es geschafft!« Atento klatschte.

Kabuki richtete sich auf. Alles war dunkel. Er war in einem Baumhaus gelandet. Durch das fahle Licht der offenen Luke konnte er nur ein paar Umrisse sehen. Er nahm sein Smartphone und aktivierte die Taschenlampe.

Die Luke im Boden war in der Mitte. Rechts konnte Kabuki im Schein der Taschenlampe einen hölzernen Schreibtisch erkennen, vor dem zwei Stühle standen. Er ging zu dem Tisch und zog seinen Finger durch die dicke Staubschicht an einem alten Globus vorbei. Kabuki leuchtete auf die andere Seite des Raums. Dort entdeckte er ein altes, ledernes Knopfsofa.

»Wow! Hier sieht es ja aus wie in einer Wohnung«, flüsterte er.

»Ja, aber die Wohnung von wem?«

Erschrocken richtete Kabuki sein Smartphone auf die Luke, aus der Novas Kopf lugte.

Sie kletterte ganz hinauf und schaltete ebenfalls ihre

Handy-Taschenlampe ein. »Hier sind Fenster.« Sie fuhr mit der Hand über die Holzbretterwand und klappte eine Bretterreihe nach oben.

Kabuki bemerkte auch auf seiner Seite zwei Holzklappen. Er öffnete sie und befestigte sie an dem eingebauten Riegel. »So ist es doch schon viel besser.«

Sonnenlicht durchflutete den Raum und ließ den aufgewirbelten Staub in der Luft tanzen. Auch wenn das Baumhaus aussah, als ob es schon seit Jahren niemand mehr betreten hätte, war es ein ganz besonderer Ort. Es war wie eine Festung, wie eine Burg, die sie gerade erobert hatten. Ein geheimer Ort, der bis jetzt verborgen gelegen hatte.

»Ihr habt es euch hier aber gemütlich gemacht«, meinte Atento, als er nun ebenfalls durch die Luke kletterte. Er blickte sich staunend um und ging zu dem Schreibtisch. Die Dielen knarrten unter seinen Füßen. Vorsichtig öffnete er die Schubladen.

»Und? Etwas, das uns helfen könnte?« Kabuki leuchtete auf die Dielen. Das Knarren hatte ihn auf die Idee gebracht, dass sich dort vielleicht der Cache verstecken könnte.

»Nein, aber der hier gefällt mir.« Atento drehte an dem alten Globus, der auf dem Schreibtisch stand.

Plötzlich gab es ein lautes, zischendes Geräusch. Wiederum erschrak Kabuki und sah zu der Luke. Für einen Moment verstummten alle.

»'Tschuldigung«, murmelte Natu. Seine Nase triefte und die Brille hing ihm schief im Gesicht. »Ich habe eine Stauballergie.«

Alle mussten lachen, sogar Natu, der nun ein Taschentuch aus seinem Rucksack kramte und sich die Nase schnäuzte.

»Geheimagent ist wohl nichts für dich«, kicherte Nova. Sie öffnete die Kästchen über dem Fenster und untersuchte sie genau.

»Das dauert bestimmt Stunden, bis wir hier etwas finden.«
Kabuki schlurfte zum Sofa, ließ sich darauf nieder und wollte darunter weitersuchen. Unter dem alten Leder schoss eine Staubwolke heraus und wirbelte direkt in Natus Gesicht.
»Bist du bescheuert?«, fragte Natu hustend. Er würgte und hielt sich mit der Hand die Kehle. Dann stellte er seinen Rucksack auf den Boden und nahm eine Flasche Wasser aus dem Seitenfach. Mit einem großen Schluck versuchte er, den Staub aus seiner Kehle zu vertreiben.

»Sorry, das war keine Absicht.« Kabuki wollte nicht, dass sein Freund schon wieder wütend auf ihn war, aber als Antwort kassierte er von Natu nur einen bösen Blick. Gerade als er noch etwas sagen wollte, kam Nova dazwischen.

Aufgeregt zeigte sie auf ein dreibeiniges Gestell mit einer dünnen Decke darüber, das vor einem Fenster stand. »Schaut! Vielleicht ist da etwas drunter, das uns weiterhilft.« Sie zog an einem Zipfel die Decke weg.

»Das ist ein Teleskop.« Atento ging staunend darum herum.

Kabuki verließ vorsichtig das Sofa und drückte sein Auge an das Rohr. »Total verstaubt.« Er zückte ein Taschentuch aus der Hosentasche und säuberte damit das Objektiv.

»Und jetzt ist es total verrotzt.« Nova blickte halb verschmitzt und halb angewidert auf Kabukis gebrauchtes Taschentuch.

»Und wenn schon. Bringt sowieso nichts. Der Spiegel im Teleskop ist futsch.«

»Seht euch das an.« Atento zeigte auf einen Aufkleber, der an einer Fußstange des Teleskops klebte.

»Da ist wieder ein QR-Code.« Nova nahm sofort ihr Smartphone hervor und scannte damit den Code.

Alle blickten gespannt auf das Display. Diesmal war der

Empfang perfekt und ein neues Video wurde geöffnet. Nova drückte auf die Starttaste.

»Das ist wieder Astra.« Kabuki erkannte sofort, wo die junge Frau war. »Sie sitzt auf dieser Couch.« Er zeigte auf das lederne Knopfsofa.

»Psst! Jetzt sei doch still«, zischte Natu. Er stand direkt am Fenster, sodass er die frische Luft von draußen atmen konnte.

»Gratuliere! Ihr habt es bis hierher geschafft! Darf ich vorstellen? Das hier ist die Arche.« Sie präsentierte mit einer Kamera-Rundumsicht das Baumhaus. Im Video sah es nicht so verstaubt aus. »Es war in der letzten Zeit unser Geheimversteck. Wir haben alles hierher gebracht, was wir brauchten. Wir haben Pläne geschmiedet und darin übernachtet.«

»Wen meint sie mit *wir*?«, flüsterte Nova und blickte fragend in die Runde.

Kabuki schüttelte den Kopf. »Ich habe keine Ahnung.«

»Jetzt gehört es euch. Ihr habt euch als würdig erwiesen.« Astra beugte sich zur Kamera vor. »Ihr habt die Rätsel gelöst und bewiesen, dass ihr zusammenarbeiten könnt. Damit ihr ans Ziel kommt, muss das so bleiben. Ihr müsst ein Team sein.«

Kabuki linste zu Natu, der weiterhin gebannt auf das Display starrte. Ob ihm gerade dasselbe durch den Kopf ging? Wenn sie das Geheimnis der sieben Siegel lüften wollten, mussten sie ihren Streit beseitigen, dem Team zuliebe.

»Macht die Arche zu eurem Baumhaus. Quartiert euch hier ein. Die Taube hat euch den Weg hierher gezeigt. Genauso wie bei Noah. Einhundertfünfzig Tage war Noah mit seiner Familie schon auf der Arche, als das Wasser endlich fiel. Die Arche setzte auf einem Berggipfel auf. Es dauerte aber noch mehrere Monate, bis die Menschen die Arche wieder verlassen konnten. Nach einiger Zeit öffnete Noah die Dachluke und ließ einen Raben nach draußen. Da Raben Aasfresser sind, kam er nicht zurück. Noah schickte auch eine Taube hinaus. Da die Erde noch mit Wasser bedeckt war und sie keinen Platz fand, an dem sie bleiben konnte, kehrte sie zur Arche zurück. Sieben Tage später sandte Noah sie erneut los. Am Abend kehrte sie wieder zurück und trug den Zweig eines Olivenbaums im Schnabel.« Astra lehnte sich wieder entspannt ins Sofa zurück. »Der frische Zweig, den die Taube brachte, schenkte Noah Hoffnung. Hoffnung, dass es weitergehen würde. Dass eine Zeit ohne die Flut kommen würde. Das gab Noah Sicherheit. Und diese Arche hier, das Baumhaus, soll euch Sicherheit geben. Es soll euer Schutz, euer Geheimversteck werden. Aber bevor ihr es euch hier gemütlich macht, sucht mich. Sucht mein Zeichen, den hellsten Stern am Horizont. Mit dieser Videobotschaft öffnet sich das vierte Siegel und zeigt euch den weiteren Weg. Viel Glück.«

Mit diesen Worten war das Video zu Ende.

»Wie um alles in der Welt finden wir den hellsten Stern am Horizont?«, fragte Kabuki.

Natu rieb sich die geröteten Augen und sagte: »Klingt ganz nach einem *Earth-Cache*, bei dem man etwas über die Natur herausfinden muss. Ich bin sicher, dass es um den Polarstern geht, denn das ist eigentlich der bekannteste hellste Stern.«

Nova öffnete das neue Siegel auf ihrem Smartphone, das weitere Hinweise anzeigte. »Hier sind Skizzen von Sternbildern.« Sie scrollte durch die Beschreibung.

Natu nickte. »Sterne geben uns Orientierung. Und die Position des Polarsterns finden wir mithilfe von Sternbildern.«

Kabuki blickte durch ein Fenster nach draußen. »Aber es ist hell. Da können wir keine Sterne entdecken.«

»Dann müssen wir eben bis zum Abend warten«, meinte Atento achselzuckend.

»Das geht nicht!« Natu senkte enttäuscht den Kopf. »Um neun Uhr muss ich zu Hause sein. Sonst ...«

»... bekommst du Hausarrest, ist klar«, ergänzte Atento den Satz.

»Aber vielleicht können wir den Hausarrest umgehen.« Nova strahlte, als ob ihr gerade die Idee ihres Lebens gekommen wäre. Alle blickten gespannt zu ihr. »Wie wäre es, wenn wir unsere Eltern fragen, ob wir gemeinsam zelten dürfen? Dann können wir ungestört nach den Caches suchen.«

»Alleine zelten?« Natu schüttelte den Kopf. »Das erlaubt meine Mutter nie!«

Mit diesen Worten zerplatzte die Idee wie eine Seifenblase. Nova schnaubte enttäuscht.

»Und wenn wir das Zelten in eine Übernachtung bei mir umwandeln?« Atento blickte erwartungsvoll in die Runde.

»Ja, das ist super!«, freute sich Kabuki. »Atento ist der Älteste von uns und Novas Eltern kennen ihn bereits.«

»Und sie vertrauen ihm«, stimmte Nova zu.

»Da Nova in unserer Parallelklasse ist, werden meine Eltern auch einverstanden sein«, meinte Kabuki.

»Für meine Eltern wäre das sicher auch kein Problem, wenn ich mit Kabuki unterwegs bin.« Natu blickte zu Atento. »Solange das für deine Eltern okay ist.«

»Die sind heute Abend nicht zu Hause«, grinste Atento. »Aber das muss ja keiner wissen.«

Kurzerhand informierten die Cache Hunters per Handy ihre Eltern und erzählten von ihren Plänen. Schließlich stimmten sogar Natus Eltern zu, aber sie bestanden darauf, dass er vorher seinen Schlafsack, einen Schlafanzug und die Zahnbürste holte.

Jetzt mussten sie nur noch bis zum Abend warten.

»Wisst ihr was? Ich habe eine Idee, wie wir die Zeit rumkriegen. Kommt mit!« Nova grinste spitzbübisch und verließ durch die Luke das Baumhaus.

Kabuki und die anderen folgten ihr. Gemeinsam zogen sie die Leiter mit den Seilen nach oben, bis sich die Luke wieder schloss.

Dann rannte Nova davon und rief den anderen zu: »Worauf wartet ihr noch? Macht schon!«

Vier Freunde

Nova war verflixt schnell! Kabuki war dicht hinter ihr, konnte aber kaum mithalten. Querfeldein rannte sie durch das Gestrüpp auf der Insel und hüpfte flink über die Pfosten zurück zum Festland. Petrus aus der Bibel hätte Augen gemacht, wenn er Nova so übers Wasser hätte springen sehen. Die drei Jungs folgten ihr.

Nova lotste sie weg vom Ufer. Sie eilte über die steinigen Wege, die durch Felder mit hohem Gras führten. »Wo bleibt ihr denn?«, rief sie. »Ihr seid ja langsamer als jeder *Sissicacher*!«

Bald gelangten sie zu einer großen Wiese an einer anderen Stelle des Sees. Und als Nova unterwegs ihre Kapuze herunternahm und ihre Jacke auszog, war Kabuki klar, was sie vorhatte. Sie blieb am Ufer stehen und zog ihre Turnschuhe aus. Rasch legte sie ihr Smartphone hinein.

Barfuß, im blau-weißen Ringelshirt und zerrissenen Jeans, rannte sie auf den Holzsteg hinaus. »Los! Fang mich, wenn du kannst!« Nova sah zu Kabuki und zog ihre Augenbrauen hoch.

Das ließ sich Kabuki nicht zweimal sagen. Auch er schlüpfte aus seinen Sneakers und deponierte seine Socken samt Smartphone darin auf der Wiese. Natu und Atento taten es ihm nach, aber sie ließen sich etwas mehr Zeit und zogen auch ihre T-Shirts aus.

Kabuki lief auf Nova zu und wollte sie ins Wasser werfen. Im Laufen streckte er die Hände nach ihr aus. Doch im letzten

Moment machte sie grinsend einen Schritt zur Seite, sodass Kabuki sie verfehlte und ins Wasser platschte.

»Hey! Das ist unfair!«, lachte er, als er wieder auftauchte und sich mit der Hand durch die nassen Locken fuhr. »Kommt rein! Das Wasser ist herrlich!«

Jubelnd sauste Atento über den Steg und landete mit Kopfsprung im erfrischenden Nass. Kurz darauf folgte Nova und schließlich hüpfte auch Natu in den See.

Jauchzend und schreiend plantschte Kabuki mit seinen neuen Freunden. Er schoss aus dem Wasser und drückte Natu unter die Oberfläche. Später rangelte er mit Atento und nahm Nova auf die Schulter für einen Zweikampf mit Atento und Natu.

Für einen kurzen Moment feierten sie ihre Freundschaft, alles, was sie bisher gemeinsam erlebt hatten. Die vier Siegel, die sie bereits gefunden hatten, und ihre Arche, das Baumhaus, das nun ihnen gehörte. Kabuki dachte an all die schönen Momente, die sie zusammen erlebt hatten, während sie im Wasser tobten. Er war glücklich, dass er Atento und vor allem Nova getroffen hatte. Und er war froh, dass der Streit mit Natu vorerst vergessen war.

Kabuki konnte sich nichts Schöneres vorstellen, als diesen Moment mit seinen Freunden zu genießen. Es schien der beste Sommer seines zwölfjährigen Lebens zu werden. Dabei hätte er noch vor ein paar Tagen nie erwartet, dass er so ein großes Abenteuer erleben würde.

»Auf den besten Sommer aller Zeiten«, rief er feierlich, als sie im hüfthohen Wasser im Kreis standen. Er hielt seine Hand in die Mitte.

»Ja, und auf unsere Freundschaft.« Nova legte ihre Hand auf seine.

»Auf die Cache Hunters! Die beste Geocaching-Gang der

Welt!« Atento streckte seine Hand dazu. »Auch wenn wir uns manchmal fetzen«, grinste er und blickte zu Natu.

Natu nickte und legte seine Hand entschlossen auf die anderen. »Auf dass wir das Geheimnis der sieben Siegel lüften.«

Rachepläne

Lax beobachtete die Cache Hunters von einem Hügel aus. Er sah, wie sie im See badeten, und stellte sich dabei ihren baldigen Untergang vor. Das war der perfekte Zeitpunkt. »Kommt, das ist unsere Chance.« Er zückte sein Smartphone und sah auf die digitale Landkarte, die Novas Bewegungsradius anzeigte. »Nova war vorhin auf der kleinen Insel. Bestimmt haben sie da was gefunden.«

»Worauf warten wir dann noch?« Duracell flüsterte, obwohl die Cache Hunters ziemlich weit von ihnen entfernt waren.

»Lasst uns zur Insel gehen, aber bleibt unten«, befahl Lax.

Geduckt verließ Nemirna als Erste den Hügel. Duracell folgte ihr.

Lax blickte zu Flury, der die Cache Hunters weiterhin beobachtete. Flury biss sich auf die Lippen, als er seine Schwester mit den Jungs sah. Lax erklärte: »Wenn wir erst einmal das haben, wonach sie suchen, gehörst du zu uns. Dann brauchst du sie nicht mehr, hörst du? Du kannst ein echter Drachenflüsterer werden!«

Flury blickte ihn ernst an. »Aber ich will nicht, dass ihr etwas passiert. Die anderen kannst du von mir aus vermöbeln. Aber bitte verschone sie.«

»Ihr geschieht nichts«, versicherte Lax. »Mir geht es um den Cache und die Jungs. Wenn ich Kabuki erst einmal da habe, wo ich ihn haben will, dann ist der Weg für dich frei. Siehst du das?« Lax zeigte ihm den silbernen Pin mit dem Drachenkopf, das Erkennungszeichen der Drachenflüsterer. »Er gehört schon fast dir.«

Flury sah wieder zum See und atmete tief durch. »Sie wird mir das niemals verzeihen.« Betrübt stand er auf und schlich geduckt zum Steg.

Lax ließ den Pin wieder in seiner Hosentasche verschwinden. Es war der Pin, den Atento zurückgegeben hatte, nachdem er sich gegen die Drachenflüsterer entschieden hatte. Lax überlegte, was er tun konnte, um Flury definitiv auf seine Seite zu bringen. Noch hing er zu sehr an seiner Schwester.

»Das mit den sieben Siegeln ist eine ganz große Nummer!«, meinte Lax. »Wenn wir das letzte Siegel knacken, darfst du es zuerst loggen.«

Bei diesen Worten strahlte Flury.

Der Anführer der Drachenflüsterer wusste zwar nicht, wonach sie suchten, denn auf Novas Account hatte er nur wenige Infos über die Siegel gefunden. Die Videos waren gesperrt, man konnte sie nicht erneut abspielen. Aber wenn es um sieben Siegel ging, konnte es nur etwas Großes sein. Ein Cache, der über sieben Stationen gefunden werden musste, barg meistens einen echten Schatz. Und genau solch einen Schatz brauchte er, um auf dem Schwarzmarkt mächtiger zu werden.

Aber es ging ihm nicht um den Schatz allein. Er wollte auch Rache an Kabuki nehmen. Dieser miese Schuft sollte am eigenen Leib erleben, wie es ihm selbst ergangen war. Keine Schlägerei oder etwas, das man ihm nachweisen konnte. Er wollte Kabuki da treffen, wo es ihm am meisten wehtat. Um das zu erreichen, musste er die Cache Hunters zerstören.

Lax eilte mit Flury den Hügel hinunter zum See, wo die Drachenflüsterer bereits auf ihn warteten.

»Und wie willst du da rüberkommen?« Duracell zeigte zur Insel. »Es gibt keine Brücke.«

»Dann müssen wir schwimmen.« Lax sah den Gesichtern

von Duracell und Nemirna an, dass sie überhaupt keine Lust dazu hatten.

»Wie bitte? Dann werden ja unsere Kleider nass«, widersprach Nemirna aufgebracht.

»Ja, und die Ausrüstung.« Duracell zeigte demonstrativ auf seinen Rucksack.

»Dann bleibt eben jemand hier und schiebt Wache, bis wir wieder zurück sind.« Lax blickte zu Nemirna.

»Oh nein! Ich schiebe keine Wache, nur weil ich ein Mädchen bin. Mein kleiner Bruder soll hierbleiben. Er ist die Memme.«

»Memme?«, protestierte Duracell und zeigte ihr die Faust. »Ich zeig dir gleich, wer hier eine Memme ist.«

»Haltet die Klappe! Sind wir hier im Kindergarten oder was?« Lax legte sein Smartphone in Duracells Rucksack. »Wir verstecken den Rucksack und die Schuhe und die Klamotten, die wir nicht brauchen, hinter einem Busch. Hier kommt schon keiner vorbei.«

Die anderen nickten widerwillig. Als sie sicher waren, dass sich niemand in der Nähe befand, zogen alle ihre Schuhe aus. Die Jungs legten ihre T-Shirts dazu. Dann schwammen die vier zur Insel.

Am Lagerfeuer

Mittlerweile war Kabuki mit den anderen Cache Hunters wieder am Seeufer. Sie hatten trockenes Holz gesammelt und Natu und Atento hatten dieses fachmännisch auf dem trockenen Sand in Seenähe aufeinandergelegt, so weit wie möglich von der angrenzenden Wiese entfernt. Nova und Kabuki hatten große Steine darum platziert. Dann hatte Natu mit einem Feuerstein, den er an seinem Schlüsselbund hatte, und trockenem Gras ein Lagerfeuer entfacht. Nun versuchten sie, ihre Kleider zu trocknen. Nova hatte ihr nasses T-Shirt gegen den Pulli eingetauscht und wärmte sich am Feuer.

Kabuki nahm einen dickeren Ast aus dem Gebüsch und hängte sein Shirt daran. Vorsichtig hielt er es übers Feuer, um es zu trocknen.

Nova grinste und schüttelte den Kopf. »So fackelst du es garantiert ab.«

»Wart's ab«, antwortete Kabuki.

Als er sah, wie sie ihn anlächelte, hielt er sein Shirt bewusst näher an die Flammen, nur um es danach in gespielter Panik zurückzuziehen.

Nova kicherte und fixierte Kabukis Shirt mit ihren braunen Augen. Nasse Haarsträhnen hingen über ihr rechtes Auge.

Kabuki hob seinen Kopf und schwang sein Shirt wie ein Matador über dem Feuer hin und her. »Toro! Toro!«, rief er dabei.

Auch Atento konnte sich das Lachen nicht verkneifen. Das spornte Kabuki noch mehr an. Er schwang den Stock heftiger und plötzlich löste sich das Kleidungsstück vom Holz. Elegant fing er es wieder auf, als wäre er ein Zirkusartist und würde jeden Tag nichts anderes machen. Atento klatschte und pfiff. Kabuki tat so, als würde die Menge toben und verbeugte sich leicht nach allen Seiten.

Natu rollte mit den Augen und sagte: »Abwarten, gleich passiert es.«

Wie einen Pfannkuchen schoss Kabuki sein Shirt in die Luft und fing es mit dem Stock wieder. Nova fiel in Atentos tobenden Applaus ein.

»Grazie, Grazie«, rief Kabuki theatralisch und verteilte Luftküsschen an sein Publikum. Er verbeugte sich tief. In diesem Moment rutschte sein T-Shirt vom Stock und fiel ins Feuer. »Verflixt!« Hastig stocherte er darin herum, um sein Shirt wieder herauszuangeln.

Nova hielt sich vor Lachen den Bauch und Atento hatte Tränen in den Augen. Er konnte sich kaum auf den Beinen halten und lehnte sich an einen Baum.

»Was hab ich gesagt?« Auch Natu prustete los.

Dampf schoss in die Höhe. »Kann mir vielleicht mal jemand helfen?« Panisch lief Kabuki ums Feuer herum, um sein Shirt zu retten. Nach ein paar Versuchen schaffte er es schließlich, das Shirt aus den Flammen zu schieben.

Dampfend lag es nun neben der Feuerstelle. Weil es so nass gewesen war, war es nicht verbrannt, sondern roch nur streng nach Rauch. Natu nahm Kabukis Stock und hob das Shirt auf. »Einmal geräucherter Kabuki-Fetzen für Tisch vierundzwanzig.« Nova und Atento prusteten erneut los.

»Gib das her!« Kabuki griff lachend nach seinem Shirt und ließ es mit einem Schrei gleich wieder los. »Mann! Das ist ja noch heiß!«

Kabuki sah, dass es jetzt auch um Natu geschehen war. Nova und Atento hatten ihn angesteckt. Grinsend sah Kabuki seine Freunde an, die sich vor Lachen den Bauch hielten.

»Wisst ihr, was jetzt toll wäre?«, japste Nova, als sie sich halbwegs von ihrem Lachanfall erholt hatte.

»Wenn Kabuki seine Hose auch noch verkohlen würde?«, fragte Atento und wischte sich die Tränen aus den Augen.

»Nein, aber ein paar Marshmallows wären jetzt echt die Krönung.«

Kabuki bekam bei diesem Gedanken Heißhunger. »Boah! Super Idee! Und dann stecken wir sie an einen Ast und rösten sie über dem Feuer.«

»Wieso habt ihr das nicht früher gesagt? Ich habe eine Packung Marshmallows im Rucksack. Aber der ist noch beim Baumhaus.« Natu zeigte auf den Hügel, hinter dem das Feld und der See lagen.

»Du hast deinen Rucksack beim Baumhaus gelassen?« Kabuki konnte es nicht fassen. »Da ist doch die ganze Ausrüstung drin. Was ist, wenn den jemand findet?«

Natu winkte ab. »Ich habe ihn gut im Gebüsch versteckt. Und in dieser abgelegenen Gegend kommt sowieso nur ganz selten jemand vorbei.«

»Spaziergänger oder andere Muggel untersuchen sicher nicht jeden Busch«, gab Nova ihm recht. »Und außerdem kommt eh keiner zur Insel, Baden ist dort ja verboten.«

»Genau. Ihr bleibt einfach beim Feuer und legt Holz nach und ich hole die Marshmallows«, bestimmte Natu. Er schlüpfte in seine Schuhe, spurtete davon. Kurz darauf war er hinter dem Hügel verschwunden.

»Ich hole noch etwas Holz, sonst ist das Feuer aus, bevor Natu zurück ist.« Atento zog seine Schuhe an und ging in Richtung Wald. »Und wenn ihr das auch macht, haben wir genug bis heute Abend«, rief er den anderen zu.

»Ich helfe dir gleich.« Nova sprang auf und ging ein paar Schritte vom Feuer weg. »Und was ist mit dir?«, fragte sie Kabuki.

»Klar, ich komme mit«, antwortete Kabuki. Er wäre zwar am liebsten am knisternden Feuer sitzen geblieben und hätte sich weiter getrocknet, aber er wollte Nova nicht alleine gehen lassen.

Er zog seine Schuhe an, die sich wie ein Sumpfgebiet anfühlten. Er hätte sie nach dem Baden nicht gleich mit nassen Füßen überstülpen sollen. Es war noch alles feucht und der fürchterliche Gestank nach Fußschweiß stieg Kabuki sogar beim Laufen in die Nase. Sie gingen über die Wiese. Quer durch das hohe Gras waren sie schneller, als wenn sie dem Weg gefolgt wären.

Nova tappte barfuß durch die Wiese und achtete sorgfältig darauf, dass sie nicht auf eine Biene oder Wespe trat.

»Wie wär's, wenn du beim nächsten Mal Schuhe anziehen würdest?«, foppte Kabuki sie.

»Damit meine Füße den Gestank von alten, nassen Turnschuhen annehmen?«, konterte Nova. »Nein danke. Da riecht es in der Umkleidekabine der Jungs ja noch besser.«

»Du weißt, wie es in der Umkleidekabine der Jungs riecht?«, fragte Kabuki zurück.

Nova antwortete mit einem Zwinkern.

Erst jetzt bemerkte Kabuki ihre grün lackierten Zehennägel, die farblich fast mit der Wiese verschmolzen. »Coole Zehennägel«, rutschte es ihm über die Lippen.

»Danke.«

Kabuki wollte das Gespräch gerne in Gang halten. »Passt Pink nicht besser zu einem Mädchen?«, fragte er und hätte sich im selben Moment selbst ohrfeigen können. Was war das denn für eine bescheuerte Frage?

»Nicht alle Mädchen stehen auf Pink«, antwortete Nova schnippisch.

»Genauso wie nicht alle Jungs stinken.« Kabuki schaute auf seine Füße. »Zumindest nicht immer.«

Nova antwortete mit einem knappen »Mhm«.

Was hatte das zu bedeuten? War es ein gutes Mhm oder ein schlechtes Mhm? Oder ein Mhm, das man einfach so beiläufig sagt, ohne damit etwas Bestimmtes zu meinen? Kabuki war verwirrt und beschloss, den Rest des Weges bis zum Wald nichts mehr zu fragen.

Als er mit Nova beim Waldrand ankam, sah er, dass Atento bereits ein paar lange Äste eingesammelt hatte. »Uns fehlt vor allem noch dickes Holz«, rief er zu ihnen hinüber. »Und trocken sollte es sein, ohne Grünzeug dran.«

»Ich mach ja nicht zum ersten Mal ein Feuer«, murmelte Kabuki.

»Ich suche hier am Rand. Am besten gehst du etwas in den Wald hinein, immerhin hast du ja Schuhe an.« Vorsichtig wich Nova den Holzsplittern aus, die auf dem Boden lagen.

»Einverstanden.« Kabuki ging geduckt unter dicht bewachsenen Ästen durch und kämpfte sich ins Waldesinnere. Er hielt Ausschau nach dicken Brocken, sah aber vor allem dünne Stöcke. Die konnte man immerhin gebrauchen, um Marshmallows aufzuspießen.

Ein Stück weiter bemerkte er einen zersägten Baumstamm. Der würde wunderbar brennen, war aber zu schwer, um ihn bis zum Feuer zu tragen. Kabuki probierte es trotzdem, gab aber schnell wieder auf. Nach wenigen Minuten hatte er ein paar dicke Hölzer eingesammelt und stapfte zurück zum Waldrand.

Als er wieder unter den Ästen hervorkam, sah er, wie Nova schwer beladen über die Wiese ging. Da war es wieder, dieses Kribbeln, das er vorhin schon in seinem Bauch gespürt hatte, als sie am Feuer saßen.

»Wieso sagst du ihr nicht, dass du auf sie stehst?«

Erschrocken drehte sich Kabuki um. Fast hätte er das gesammelte Holz fallen lassen. Hinter ihm stand Atento, der ihm zuzwinkerte.

»Wie bitte? Wie kommst du denn darauf?«, stotterte Kabuki. Auf einmal wurde sein Kopf so heiß, dass man die Marshmallows über ihm hätte rösten können.

»Na ja, du bist aufgeregt, wenn sie in deiner Nähe ist, du starrst sie immer an, wahrscheinlich hängt bei dir zu Hause ein Foto von ihr an der Wand, damit du sie immer ansehen kannst.«

»Ein Foto? Ganz bestimmt nicht!« Kabuki dachte an den Abend, als er die Fotos von ihr auf dem Smartphone angeschaut hatte. Ganz lange, bis er seine Augen kaum noch offenhalten konnte und irgendwann eingeschlafen war.

»Hey, das war ein Scherz«, lachte Atento und klopfte ihm auf die Schulter. »Aber ernsthaft, warum sagst du es ihr nicht?«

»Wie ... wo ...«, Kabuki suchte nach den richtigen Worten.

»Weil da überhaupt nichts dran ist. Nur weil ich sie ansehe, heißt das noch lange nicht, dass ich auf sie stehe. Und aufgeregt bin ich wegen der Caches. Ich meine, die sieben Siegel, so was hatte ich noch nie beim Geocaching.«

»Du siehst sie nicht an, du starrst. Und die Symptome sind eindeutig, glaub mir. Ich spreche aus Erfahrung.« Bei Atento hörte es sich an, als ob es um eine Krankheit ginge.

»Was heißt, du sprichst aus Erfahrung? Stehst du etwa auch auf sie?«

»Auch?« Atento schmunzelte.

Kabukis Herz pochte ganz schnell. Auf der einen Seite ärgerte es ihn, dass er sich verraten hatte. Auf der anderen Seite spürte er plötzlich ein anderes Kribbeln, das ihm nicht gefiel. Was war, wenn Atento auch auf Nova stand?

»Keine Sorge, ich bin keine Konkurrenz für dich. Aber ich hatte diese Gefühle schon bei einem anderen Mädchen.«

105

Kabuki atmete erleichtert auf.

»Oh Mann! Dich scheint es ja echt erwischt zu haben«, grinste Atento.

»Hör auf! Das ist nicht witzig, verstanden? Immerhin sind wir jetzt ein Team. Und da müssen wir zusammenhalten, sonst lösen wir das Rätsel dieser sieben Siegel nie.«

»Dann würde ich an deiner Stelle auf deinen besten Freund ein bisschen mehr Acht geben.« Atento ging in Richtung Lagerfeuer.

»Natu? Wieso? Hat er was gesagt?«

»Frag ihn selbst.«

»Kannst du mir nicht einfach sagen, was los ist?«

Atento lachte. »Hey, ich bin vielleicht ein Spezialist für knifflige Rätsel, aber kein Doktor für Freundschaften, die zu kippen drohen.«

Kabuki konnte es nicht fassen. War es wirklich so schlimm? Er hatte ja selbst bemerkt, dass Natu sich verändert hatte. Der Streit heute zwischen ihnen, das war nicht normal. Aber stand ihre Freundschaft wirklich auf der Kippe? Immerhin waren sie Freunde seit dem Kindergarten. Das konnte ein Mädchen doch nicht von heute auf morgen zerstören! Oder etwa doch?

Entdeckt!

Nachdem Lax mit seinen Drachenflüsterern zur Insel geschwommen war, entdeckten sie recht bald die Seile, die sich am Vier-Eichen-Platz um die Bäume schlangen. Sie erkannten schnell, dass man an den Seilen ziehen konnte und so eine Strickleiter auslöste. Lax schickte Duracell nach oben, um die Plattform auszukundschaften.

»Und? Kannst du was sehen?«, rief Lax, als er sah, wie Duracell in der Plattform verschwand.

Duracell lugte begeistert aus der Luke. »Ich fass es nicht! Das ist ein Baumhaus! Es ist eingerichtet, als würde jemand hier wohnen.« Duracell verschwand wieder hinter der Luke.

Lax ging zur Leiter, stieg die ersten Sprossen hinauf und sagte: »Ich werde mir das Baumhaus selbst mal ansehen.« Er blickte zu Flury und Nemirna und bestimmte: »Ihr haltet Wache.«

Nemirna wollte protestieren, aber Lax kletterte einfach weiter nach oben. Er betrat die Plattform und schaute sich im Baumhaus um. Durch die Fenster drang das Sonnenlicht. Tisch, Couch, Schreibtisch – und das alles in einem Baumhaus. Er konnte es nicht fassen.

»Sieht so aus, als ob es dieses Versteck schon lange gibt.« Duracell untersuchte die Schubladen des Schreibtischs.

»Ja. Und ich frage mich, wer es den Cache Hunters gezeigt hat. In diesem Baumhaus steckt eine Menge Arbeit.« Lax schlenderte umher und bestaunte die Einrichtung. Es war alles da, was man für ein Geheimversteck brauchte.

»Keine Ahnung, wer dahintersteckt.« Duracell kniete auf

den Boden und warf einen Blick unter das Ledersofa. Er schaute auch unter die Kissen, die auf der Couch lagen. »Scheint so, als ob sie nichts zurückgelassen haben.«

»Ihr müsst sofort verschwinden!«, hörte Lax Flurys Stimme von unten. »Schnell! Ihr müsst weg!« Er klang panisch.

Lax eilte zum Fenster und blickte nach unten. Die Blätter der Eichen versperrten ihm die Sicht. »Was ist los?«

»Natu! Er ist auf dem Weg zum See!«

»Shit!« Sofort packte Lax Duracell am Arm und half ihm auf die Beine.

»Hey! Spinnst du?«

»Schnell, wir müssen hier raus!«

»Aber ...«

»Nichts aber. Los!« Er drängte Duracell durch die Luke auf die schwankende Strickleiter.

»Wir sind zu viert! Mit Natu können wir es allemal aufnehmen!«, erwiderte Duracell siegessicher, während er nach unten stieg.

»Wenn wir jetzt zuschlagen, haben wir nichts davon. Natu hilft uns nicht weiter.« Als Duracell unten ankam, kletterte Lax ebenfalls hinunter.

Flury schüttelte verwirrt den Kopf: »Natu ... er ... er geht über das Wasser.«

Lax sah ihn an und tippte sich an die Stirn. »Versteck dich!«

Flury verschwand hinter einem Busch, Nemirna stellte sich hinter einen dicken Baumstamm. Ihr Bruder ging ebenfalls hinter einem Baum in Deckung, während Lax sich hinter einen Busch setzte.

Nur ein paar Sekunden später tauchte Natu beim Baumhaus auf. Lax beobachtete, wie Natu geschockt stehen blieb, als er sah, dass die Luke offen war und die Strickleiter herunterhing.

»Hallo? Ist hier jemand?«, rief er und blickte nach oben. Keine Antwort.

Er schnappte sich die Strickleiter und stieg die ersten beiden Sprossen hoch. Dann schien er es sich anders zu überlegen. Er kletterte zurück auf den Boden und kramte in seiner Hosentasche. Lax vermutete, dass er sein Handy suchte. Er schien es aber nicht dabeizuhaben.

Natu sah aus, als könne er sich nicht entscheiden, was er tun sollte. Er schaute nochmals zur Luke. Aber dann fixierte er plötzlich etwas Glänzendes, das vor ihm auf dem Boden lag. Als er es aufhob, zuckte Lax zusammen.

Er fasste in seine Hosentasche. Der Pin, den er vorhin Flury gezeigt hatte, war weg! Er musste eben herausgefallen sein und nun war er in Natus Händen.

Natus Blick verriet, dass er wusste, was er da gefunden hatte. Er schaute nochmals nach oben zur Luke. Aber dann sah er zu dem Busch, hinter dem Lax sich versteckte. Als Lax den Rucksack neben sich liegen sah, wusste er auch weshalb. Er hatte es eben so eilig gehabt, sich zu verstecken, dass er ihn gar nicht bemerkt hatte. Vielleicht waren in dem Rucksack einige Hinweise zu diesen sieben Siegeln. Dann könnten sie selbst danach suchen und er hätte mit den Drachenflüsterern sogar einen Vorsprung.

Lax fragte sich, ob sich das lohnte. Natu zu Boden zu bringen wäre ein Kinderspiel, er war ja alleine hier. Aber was würde das bringen? Wenn in dem Rucksack nicht die Hinweise waren, die er brauchte, wäre die ganze Aktion umsonst. Die Cache Hunters wüssten, dass sie beschattet wurden und die sieben Siegel wären für die Drachenflüsterer verloren.

Nein, diesen Schatz und die Möglichkeit zur Rache wollte sich Lax nicht entgehen lassen. Er stellte sich Kabukis Gesicht vor, wenn die Drachenflüsterer genau in dem Moment zuschlugen, in dem die Cache Hunters am Ziel waren, wenn die ganze Arbeit umsonst war und die Drachenflüsterer mit der Beute davonkamen. Ja, genau dann wollte er handeln. Das würde Kabuki am meisten wehtun, davon war Lax überzeugt. Das würde seine Rache sein. In Sekundenschnelle hatte er sich entschieden.

Lax entfernte sich robbend von dem Busch, sodass Natu ihn nicht sehen konnte. Der nächste Baum war nicht weit entfernt und er versteckte sich schnell dahinter, bevor Natu um den Busch kam.

Lax atmete erleichtert auf, als Natu sich seinen Rucksack griff und damit davonrannte. Er würde bestimmt seinen Freunden von der offenen Luke und dem Pin erzählen. Deshalb war es jetzt an der Zeit abzuzischen.

Sternenhimmel

Kabuki stocherte mit seinem Stock in der Glut des Feuers. Nova saß neben ihm im Gras, direkt vor der Feuerstelle am See, und Atento war ein weiteres Mal Holz holen gegangen. Die Worte von Atento hallten noch immer in Kabukis Kopf.

Wieso sagte er Nova nicht einfach, was er für sie fühlte? Eigentlich war es doch ganz einfach. Er betrachtete ihre Haarsträhnen, die der Wind sanft über ihre Stirn wehte. Die schwarze Spur der Asche auf ihrer Wange war irgendwie ... süß.

Okay, der Moment war perfekt. Wenn nicht jetzt, dann nie. Er musste es loswerden. Natu war im Baumhaus und Atento im Wald.

»Nova«, begann er und erschrak über sich selbst, weil er ihren Namen vor Aufregung krächzte.

Sie drehte ihren Kopf zu ihm. Den Anfang hatte er vergeigt. Wieso sprach er sie mit ihrem Namen an? Es war doch sonst keiner hier, mit dem er hätte sprechen können.

»Ich muss mit dir über etwas reden«, fuhr Kabuki fort.

»Ach ja? Über was denn?«

Puh! Das war gar nicht so einfach. Jetzt musste es raus. Er konnte sie nicht einfach auf die Folter spannen und dann nichts sagen. Die Sekunden vergingen, aber Kabuki hatte keine Ahnung, wie er es ihr sagen sollte.

»Wow, das muss aber was ziemlich Ernstes sein, wenn es dir so die Sprache verschlagen hat«, meinte Nova schließlich grinsend.

»Nun ja, sooo ernst ist es auch wieder nicht. Also, eigentlich schon. Es ist vielmehr eine Frage. Oder besser gesagt eine Beobachtung.«

Was laberte er da? Eine Beobachtung? Seine Hände waren schweißnass und er fühlte sich, wie vor einer schwierigen Prüfung, die über seinen weiteren Lebensweg entscheiden würde.

»Was ist es denn nun?« Nova zog die Augenbrauen hoch. Jetzt gab es kein Zurück mehr.

»Ich sag es dir. Aber du musst mir versprechen, dass du nicht lachen wirst, okay?«

»Wieso sollte ich lachen, wenn es was Ernstes ist?«

»Na ja, versprich es einfach.«

»Okaaay, versprochen.« Nova wirkte verunsichert, sie schaute ihn schräg von der Seite an.

Kabuki nahm den Stock aus der Glut und legte ihn neben die Feuerstelle. Dann wandte er sich voll und ganz Nova zu, sodass er ihre Reaktion genau beobachten konnte.

»Ich habe vorhin mit Atento gesprochen und er hat mir den Tipp gegeben, dass ich es dir sagen soll. Also tue ich es jetzt einfach.«

Novas Blick wanderte von der Feuerstelle zu ihm und wieder zurück. Wieder zu ihm und dann zu seinen Schuhen.

»Ich ... Ich habe ...«, stotterte Kabuki.

In diesem Augenblick flitzte Natu panisch auf die Feuerstelle zu und rief: »Leute, sie haben uns entdeckt!«

Nova sprang auf. Der Moment war vorbei. Enttäuscht erhob sich Kabuki ebenfalls. Er sah, wie Atento über die Wiese rannte, anscheinend hatte er Natu auch gehört.

»Ihr glaubt nicht, was passiert ist.« Natu kam aus dem Schnaufen nicht mehr heraus.

»Was denn? Sag schon!«, wollte Nova wissen.

»Das hier habe ich beim Baumhaus entdeckt!« Natu hielt etwas Glänzendes in seiner Hand.

Kabuki erkannte es sofort. »Das ist der Pin der Drachenflüsterer!«

»Genau«, stimmte Natu ihm zu.

»Den muss jemand dort verloren haben«, meinte Nova, nahm den Pin aus Natus Hand und drehte ihn. »Steht kein Name drauf.«

»Checkst du es nicht? Verloren? Auf der Insel vor unserem Baumhaus?« Natu holte sich den Pin zurück und hielt ihn hoch. »Dieser Drachen-Pin bedeutet, dass jemand von den Drachenflüsterern in unserem Baumhaus war.«

Kabuki schauderte bei dem Gedanken. Dann meinte er: »Könnte es nicht sein, dass der Pin schon dort lag, bevor wir das Baumhaus entdeckt haben?«

»Nein! Die Luke stand offen und die Strickleiter war heruntergelassen. Das ist sie immer noch. Da war ganz bestimmt jemand drin!«

»Natu hat recht! Das bedeutet, dass die Drachenflüsterer uns beobachten.« Nova blickte ernst in die Runde.

»Ja, oder noch viel schlimmer: Vielleicht wollen sie uns die sieben Siegel abjagen«, überlegte Atento.

»Du meinst, sie wollen, dass wir die ganze Arbeit machen und dann den Cache loggen, ohne selbst danach zu suchen?« Nova schüttelte ungläubig den Kopf.

Atento erklärte: »Es war zumindest mal eine Taktik von Lax, den anderen Geocachern die Schätze abzuluchsen, ohne selbst einen Finger zu krümmen. Ich weiß nicht, wie er heute drauf ist.«

»Und was sollen wir jetzt tun?«, fragte Kabuki beunruhigt.

»Am besten machen wir so weiter wie geplant«, schlug Natu vor. »Die nächste Aufgabe beginnt heute Nacht im

Baumhaus. Es geht um die Sternbilder, die wir von dort aus erkennen müssen.«

Nova nickte. »Ja, dieses Rätsel können wir lösen, wenn wir im Baumhaus sind. Das heißt, wir müssen das Baumhaus von innen her sichern, sodass niemand von außen hereinkommen kann.«

Kabuki war unsicher. »Das ist zu einfach, denkt ihr nicht?«

»Was meinst du damit?«, fragte Nova.

»Ich weiß es nicht. Aber wir sollten sehr vorsichtig sein, wenn wir zum Baumhaus zurückkehren. Vielleicht haben sie uns eine Falle gestellt.«

»Kabuki hat recht.« Atento fuhr sich mit der Hand übers Kinn. »Die Drachenflüsterer sind geschickt. Wahrscheinlich wollten sie nicht, dass wir wissen, wer im Baumhaus war. Den Pin haben sie sicher nicht absichtlich verloren. Wir müssen jetzt sehr vorsichtig sein.«

»Ja. Die Drachenflüsterer sind auch hinter dem her, was wir suchen«, meinte Nova nachdenklich. Dann schnappte sie sich Kabukis Stock und schob damit die Glut auseinander.

»Lasst uns gehen«, sagte sie.

Die Cache Hunters packten ihre Sachen zusammen und löschten das Feuer. Atento und Kabuki kehrten zum Baumhaus zurück, um es zu reinigen, damit Natu dort befreit atmen konnte, während Natu und Nova nach Hause fuhren, um ihre und Kabukis Schlafsachen und etwas zu essen zu holen.

Später warteten die Cache Hunters im Baumhaus darauf, dass die Sonne endlich hinter dem Horizont verschwand. Sie hatten alle Sandwiches und das Gemüse verdrückt, das Natu mitgebracht hatte, und zum Nachtisch die Marshmallows verspeist.

Es war so still, dass man sogar gehört hätte, wie jemand

mit der Pinzette das Logbuch aus einem Nano herausfischte. Kabuki saß auf dem alten Sofa. Neben ihm lag Natu, mit den Beinen auf der Rückenlehne und dem Kopf nach unten und döste vor sich hin. Atento und Nova hockten genauso schläfrig auf den Holzstühlen beim Schreibtisch.

Draußen wurde es immer dunkler. Nur eine halb abgebrannte Kerze auf dem Schreibtisch erhellte den Raum. Das flackernde Licht tänzelte über die Bretter des Baumhauses. Der Wind peitschte draußen die Äste an die Wände und Kabuki war es, als ob die ganze Plattform ein wenig schwanken würde.

Die Kerze, das Licht, das Schwanken von der einen auf die andere Seite – es wirkte fast wie in einem Piratenschiff. Ein paar einsame Abenteurer auf dem Weg zu ihrem nächsten Ziel. Diese Vorstellung gefiel Kabuki. Er gab nichts Schöneres, als mit seinen Freunden von einem Abenteuer ins nächste zu segeln.

»Meint ihr, die ersten Sterne sind schon sichtbar?«

Es dauerte eine Weile, bis Natus Frage bei Kabuki ankam. Die Müdigkeit zehrte an seinen Knochen und er kämpfte darum, die Augenlider offen zu halten.

»Schauen wir nach.« Nova war die Erste, die sich aufraffte. Sie erhob sich, stellte sich an eines der Fenster und starrte in den Himmel. »Ein paar Punkte sehe ich bereits.«

»Der Polarstern leuchtet im kleinen Wagen am hellsten. So kannst du ihn erkennen.« Natu stieß sich mit einer Rückwärtsrolle vom Sofa, stellte sich zu Nova und blickte ebenfalls durchs Dachfenster.

»Woher weißt du das?« Nova sah Natu fragend an.

»Ich war mal in der Jungschar. So was Ähnliches wie Pfadfinder, aber von der Kirche aus. Da lernt man solche Sachen. Und immerhin bin ich ein Navigator. Da kennt man sich im Himmel aus.«

Kabuki gefiel nicht, wie Nova gebannt an Natus Lippen hing. Er stand auf und ging zu ihnen.

»Und weißt du, was man dort auch lernt?«, wandte er sich an Nova. »Kochen über dem Lagerfeuer. Und da bin ich Profi drin.«

»Ach ja? Da habe ich aber anderes gesehen.« Natu klopfte ihm auf die Schulter.

»Solange dein Lagerfeuer-Menü besser wird als dein angekohltes Shirt, kann ja nichts schiefgehen«, foppte ihn Atento.

»Macht ihr nur Witze«, gab Kabuki zurück und drehte sich zu Natu. »Und was weißt du noch besser als ich?«

»Zum Beispiel, dass man den großen Wagen bereits sehen kann. Und mit dem können wir den Polarstern auch finden.«

Sofort wurde es wieder ruhig. Gespannt blickten Kabuki, Nova und Natu zum Himmel. Kabuki erkannte bloß ein paar Punkte am Firmament. Die einen waren heller, die anderen dunkler. Er ging zum Teleskop, um den Himmel genauer unter die Lupe zu nehmen.

Er schraubte und drehte daran herum und schaute immer wieder hinein, aber er konnte nie etwas sehen. »Entweder check ich das Teil nicht oder es ist kaputt«, meinte er verärgert.

»Vielleicht nimmst du vorne die Abdeckung ab, dann siehst du auch etwas«, erwiderte Natu.

»Meinst du, ich bin bescheuert? Da gibt es keine Abdeckung. Und wenn es eine gäbe, wäre ich von alleine darauf gekommen.«

»Jetzt bleib mal ganz ruhig.« Atento untersuchte das Teleskop. »Das ist wirklich kaputt.«

»Seht ihr?« Kabuki zeigte enttäuscht auf das Teil.

»Vielleicht ist es nur symbolisch gedacht. Immerhin war der QR-Code daran befestigt. Den Polarstern kann man doch auch mit bloßem Auge entdecken.« Nova suchte den Himmel nach dem Großen Wagen ab.

»Und wieso sollte der Cache symbolisch sein?«, wollte Kabuki wissen.

»Es geht ja um Noah, der sich auf seiner Arche orientieren musste. Und Noah ist eine biblische Figur. In der Bibel gibt es haufenweise symbolische Geschichten. Die passierten nicht in echt, sondern wollen einfach bildlich was weitergeben.«

»Und woher weißt du das?«, fragte Natu verblüfft.

»Nicht von den Pfadfindern«, kicherte Nova. »Aber meine Eltern gingen früher sonntags immer in die Kirche. Da musste ich mit und deshalb kenne ich diese Geschichten. Und noch jede Menge anderes Zeugs.«

»Gingen?« Kabuki wollte nicht fragen, aber es rutschte ihm heraus.

»Meine Eltern haben sich getrennt«, erklärte sie mit trauriger Miene.

»Oh, das tut mir leid«, sagte Kabuki mitfühlend.

»Und? Wo ist nun der Große Wagen?«, fragte Nova Natu, um das Thema zu wechseln.

»Seht ihr die sieben Sterne dort?« Natu zeigte durch die Luke in den Himmel. Mittlerweile standen alle Cache Hunters um ihn herum. »Ein Rechteck mit einem Schwanz, der über drei Sterne geht. Das ist der Große Wagen. Er ist ein Teil des Großen Bären.«

»Wow. Das klingt schon fast nach einer mystischen Indianergeschichte.« Kabuki wippte begeistert von einem Fuß auf den anderen.

»Und da ist auch der Polarstern?« Nova versuchte die Aufgabe zu lösen. Mit den Sternen kannte sich anscheinend nur Natu gut aus.

»Nein. Aber wenn man die Strecke der beiden Kastensterne verlängert, das sind die beiden ganz oben beim Rechteck, dann kommt man zum Polarstern. Etwa fünf Mal muss man die Strecke verlängern.«

Atento hob die Hände in die Luft und versuchte, die Strecke mit seinen Fingern abzumessen.

Kabuki tat es ihm gleich. »Wenn bloß die fette Wolke nicht dazwischen wäre.« Er musste nochmals ansetzen, weil er sich verzählt hatte. Aber auch Atento und die anderen schienen Mühe zu haben. Alle außer Natu, der darauf wartete, bis alle den Polarstern gefunden hatten. »Es ist wichtig, dass wir alle Bescheid wissen, welches der Polarstern ist. Schließlich haben wir keine Ahnung, was auf uns zukommt. Aber wenn es euch hilft, könnt ihr den Stern auch über Kassiopeia finden.

»Kassio-was?« Nova schüttelte verwirrt den Kopf.

»Ach egal. Über den Großen Wagen ist es einfacher.«

»Ich hab's! Da ist er!« Kabuki winkte Natu herbei.

»Ja genau! Klasse! Du hast ihn.« Natu nickte ihm anerkennend zu.

Kurz darauf fanden auch Atento und Nova den Stern.

»Und was nun?« Natu blickte erwartungsvoll zu den anderen. »Den Polarstern haben wir. Aber wie geht's jetzt weiter?«

»Hmm ...« Nova zückte ihr Smartphone und scrollte zur Beschreibung des Cache. »Es ist ein Earth-Cache.«

»Das heißt, wir müssen etwas über die Erde und die Natur herausfinden.« Atento setzte sich wieder auf seinen Stuhl und lehnte sich zurück.

Natu zuckte mit den Schultern. »Haben wir ja jetzt gerade. Wir haben herausgefunden, wo der Polarstern ist und dass man sich am Himmel auch orientieren kann.«

»Ja, wenn das GPS mal ausfällt.« Nova lachte spöttisch, als ob das nie passieren würde.

»Leute! Earth-Cache heißt aber auch, dass wir keine versteckte Dose finden.« Kabuki war enttäuscht, dass hier seine Suchkünste nicht gefragt waren »Wir müssen bloß die richtige Antwort herausfinden, um den Cache zu loggen.«

»Ganz genau!« Nova packte seinen Arm. »Und dann kommen wir zum nächsten Schatz. Wir haben erst vier Siegel gefunden und der Polarstern führt uns zu Nummer fünf! Es wird also sicher noch mehr Plastikdosen geben.«

Nova hatte recht. Die Neugier und die Abenteuerlust kehrten in Kabuki zurück. »Also los! Worauf wartet ihr? In der Beschreibung steht, dass wir fünf Kilometer in die Richtung des Polarsterns müssen. Also schnappt euch eure Fahrräder und dann los!«

»Zu Befehl, Sergeant!« Atento sprang von seinem Stuhl auf und salutierte vor Kabuki. Ein Gelächter brach aus.

»Wird auch Zeit, dass wir aufbrechen.« Natu deutete beunruhigt zu einem der Fenster. »Da braut sich was zusammen.«

Jetzt erkannte auch Kabuki die dicken, schwarzen Wolken, die sich vor den Mond schoben.

»Ja, viel Zeit bleibt uns nicht mehr. Also los!«

Verfolgungsjagd

Kabuki eilte zur Strickleiter, die er durch die Luke fallen ließ. »Was ist? Habt ihr jetzt alle Muffensausen?« Der Wind, den die Wolken mitbrachten, wurde immer stärker.

»Pah! Was glaubst du denn?« Nova stellte sich neben ihn. »Jetzt geht's erst richtig los!«

Natu schluckte, als er einen Blick durch die Luke warf. Die Strickleiter wurde hin und her geblasen. Dann meinte er tapfer: »Lieber sterbe ich da draußen im Sturm als vor Langeweile beim Absitzen des Hausarrests, den ich bestimmt bekommen werde.«

»Wieso Hausarrest?«, fragte Atento, dessen Stimme nun auch etwas zittriger war als sonst.

»Bei diesem Wetter nach draußen gehen? Das verzeiht mir meine Mutter nie.«

»Ich würde dir lebenslänglich geben«, lachte Kabuki und klopfte seinem besten Freund auf die Schulter.

»Nun übertreibt mal nicht.« Atento stieg als Erster auf die Strickleiter und kletterte behutsam nach unten. Kaum hatte er die Luke verlassen, zog es ihn mitsamt der Leiter auf die linke Seite.

»Boah! Dieser Wind ist extrem! Seid vorsichtig, wenn ihr hinabsteigt.« Seine Worte waren beim Pfeifen des Windes nur schwach zu hören.

Es war nun stockfinster und Kabuki konnte nicht erkennen, ob Atento schon unten war. Einzig das orange Licht der Sturmwarnung, das sich vom See her ab und zu in ihre Richtung drehte, zeigte die Umrisse der Strickleiter.

»Ich sehe nichts«, rief Atento hinauf.

»Gebt ihm doch Licht!«, schrie Kabuki.

Natu suchte in seinem multifunktionalen Rucksack nach einer Taschenlampe. Es dauerte einen Moment, bis er sie fand. Dann endlich kam der grelle Lichtstrahl. Atento setzte gerade seine Füße auf den Boden und winkte zu ihnen hoch.

Kabuki blickte zu Nova. »Wer geht als Nächstes?«

Ohne etwas zu sagen, betrat sie die wackelige Strickleiter. Auch sie zog es gewaltig auf die linke Seite. Sie hatte Mühe, sich festzuhalten, während sie langsam hinabstieg.

»Du schaffst es! Nur noch ein Stück.« Atentos Rufe waren dumpf, als ob er meilenweit entfernt wäre.

Kabuki spürte ein Kribbeln in seinem Bauch. Es war die Angst, die nun wieder überhandnahm. Mit selbstbewusstem Blick nickte er Natu zu. Der verstand und begann zu klettern. Kabuki hielt die Taschenlampe.

Als Natu unten angekommen war, winkte er ihm zu. »Jetzt bist du dran«, rief er. Oder war es: »Zieh dich warm an?« Kabuki konnte es wegen des Windes nicht richtig verstehen.

Die Bäume schwankten und knarrten. Ein Holzladen löste sich aus der Halterung und knallte an die Holzfassade des Baumhauses. Kabuki erschrak fast zu Tode.

»Komm jetzt!« War das die helle Stimme von Nova? Kabuki löste sich aus seinen Gedanken und schnappte sich die oberste Sprosse der Strickleiter. Einen Schritt nach dem anderen zwang er sich nach unten.

Der Wind riss an den Seilen der Leiter. Ein schwacher Lichtstrahl schien von unten zu ihm hinauf. Gut, dass Natu so viele Taschenlampen hatte. Die andere steckte in Kabukis Gürtel. Nun wurde der Wind so stark, dass Kabuki die Augen zusammenkneifen musste. Er vertraute auf seinen Tastsinn, während er hinabstieg. Die jubelnden Stimmen seiner Freunde kamen näher. Endlich hatte er wieder festen Boden unter den Füßen. Doch eine Sekunde später warf ihn etwas um.

Es fühlte sich an, als wäre ein Stein gegen seinen Kopf geschmettert worden. Seine Schläfe pochte und dort, wo er den dumpfen Schlag gespürt hatte, breitete sich jetzt ein starkes Brennen aus.

»Alles in Ordnung?«, fragte eine helle Gestalt mit zwei unscharfen, durchsichtigen Köpfen.

»B-Bin ich im H-Himmel?« Er hatte immer gedacht, dass Engel Flügel haben. Aber nach einem Augenblick entpuppte sich der Engel als Natu, der eine Taschenlampe in der Hand hielt.

»Ich glaube, der ist gerade ganz woanders«, grinste er, als neben ihm plötzlich ein zweiter Kopf auftauchte, der langes, leicht gewelltes Haar hatte. Mann, war dieser zweite Engel schön!

»Das gibt bestimmt 'ne Beule.« Nova schaute sich Kabukis Stirn genauer an und kam deshalb ganz nah an ihn heran.

Eigentlich war Kabuki wieder bei Sinnen, aber er wollte diesen Moment noch etwas auskosten. Beruhigt schloss er die Augen. Plötzlich jagte ihm ein stechender Schmerz über die Stirn.

»Aaahhh! Geht's noch?« Er rieb sich vorsichtig über die frische Beule. »Die kannst du doch nicht einfach anfassen.«

»Siehst du, es geht ihm bestens«, kicherte Nova und zwinkerte Natu zu. »Ein Ast bringt ihn nicht zur Strecke. Kann es jetzt weitergehen?«

Atento bot Kabuki die Hand, um ihm auf die Beine zu helfen, und sagte: »Ja, wir sollten uns beeilen. Die Wolken werden immer dichter und verdecken die Sterne. Wenn wir nicht aufpassen, ist der Polarstern weg, bevor wir Muggel sagen können.«

Rasch liefen die Cache Hunters zum Ufer. Sie gingen einer nach dem anderen über die Pfosten zurück. Trotz des Sturms gelang ihnen das gut, da sie inzwischen geübt darin waren.

Dann hasteten sie zu ihren Fahrrädern und radelten los. Kabuki umklammerte den Lenker so fest, dass seine Knöchel ganz weiß wurden. Der Wind blies ihnen so stark entgegen, dass sie kaum vom Fleck kamen, obwohl sie sich bis aufs Äußerste anstrengten.

»Leute! Seht ihr das?«, rief Kabuki plötzlich völlig außer Atem.

Seine Freunde hörten ihn trotz des Windes.

»Was ist?«, fragte Nova. Sie war völlig außer Puste.

»Die Sterne. Sie-hie verschwi-hi-inden.«

Die vier hielten an.

Natu blickte auf die digitale Landkarte. »Es fehlen noch über zwei Kilometer. Wenn wir noch lange unterwegs sind, werden wir das Ziel nicht erreichen, bevor uns das Gewitter einholt.«

Etwas entfernt zuckten Blitze auf und ein Donner jagte durch die Nacht.

»Und was sollen wir jetzt tun?« Nova setzte ihre Kapuze auf, als die ersten Regentropfen vom Himmel fielen.

»Abbrechen kommt nicht in Frage«, rief Atento entschlossen. »Wir haben so viel aufs Spiel gesetzt. Das müssen wir jetzt durchziehen.«

»Unbedingt.« Natu blickte durch seine mit Regentropfen benetzte Brille. »Wenn wir jetzt umkehren, dann bekomme ich morgen bestimmt nicht noch einmal die Erlaubnis, bei Atento zu übernachten.«

»Außerdem sind meine Eltern morgen zu Hause«, ergänzte Atento.

»Genau. Und außerdem haben wir eine Mission!«, rief Nova.

»Oh nein, der Polarstern!« Atento zeigte zum Himmel empor. In diesem Moment schoben sich Wolken vor den hellen Stern.

»Nein!« Nova schlug die Hände vor den Kopf. »Jetzt können wir den nächsten Cache vergessen!«

»Wartet!« Natus Blick fiel erneut auf sein Handy. »Wir haben noch eine Chance. Der Polarstern zeigt immer ungefähr in Richtung Norden. Wir könnten einfach mal nach Norden fahren und schauen, wo wir in zwei Kilometern landen.«

»Was zeigt die Karte?«, erkundigte sich Kabuki, während er die Beine seiner kurzen Hose so weit wie möglich nach unten zog. Ihn fror.

»Ein offenes Feld, direkt vor einem Wald.« Natu zeigte den anderen das Display.

»Ist da nicht die Burgruine?«, fragte Atento.

Natus Augen wurden groß. »Stimmt! Das muss es sein! Dort will uns das Siegel haben.«

Gerade als die Cache Hunters weiterfahren wollten, tauchten ein paar hundert Meter hinter ihnen Lichter auf.

Natu nahm die Brille von der Nase und putzte sie mit seinem T-Shirt. »Was ist das?«, fragte er.

»Keine Ahnung.« Nova hielt sich die Hand über die Augen, um die Regentropfen abzufangen, und kniff die Augen zusammen. »Sieht aus wie die Lichter von Fahrrädern.«

»Das sind bestimmt die Drachenflüsterer«, erwiderte Atento nervös. »Sie verfolgen uns, um vor uns an den Cache zu kommen.«

»Verflixt! Sie dürfen uns nicht kriegen!«, rief Kabuki besorgt. »Natu, gibt es eine Möglichkeit, wie wir sie abhängen können?«

»Keine Ahnung! Aber tretet in die Pedale! Sonst haben sie uns gleich. Ich versuche, beim Fahren etwas rauszufinden.«

Kabuki blickte während des Fahrens immer wieder nach hinten. Die Drachenflüsterer holten auf. Doch als ob das noch nicht genug gewesen wäre, verschlechterte sich auch noch das Wetter. Der Regen wurde stärker und die Sicht schlechter. Erneut zuckten Blitze über den Horizont und der Donner dröhnte in ihren Ohren.

»Wir teilen uns auf! Das ist unsere einzige Chance!« Natu suchte auf seinem Smartphone am Lenker verzweifelt nach alternativen Routen.

»Wir müssen sie verwirren, sodass keiner von ihnen checkt, wo wir hinwollen.« Atento war sofort mit Natus Plan einverstanden.

»Okay, ich hab's!«, rief Natu schließlich. »Da vorne kommt eine Kreuzung. Nova, du folgst dem Weg links. Atento, du nimmst den rechten Pfad. Ich bleibe auf der Straße geradeaus.

»Und ich?«, fragte Kabuki, als sein Name nicht fiel. »Welchen Weg nehme ich?«

Natu überlegte und tippte mit einer Hand auf dem Handy herum. Mit der anderen Hand hielt er den Lenker fest. »Du? Du bist unser Joker.«

Kabuki runzelte die Stirn. »Was meinst du damit?«

»Du fährst querfeldein, wo dich dein Bauchgefühl hinführt. Nutze die Umgebung und häng sie ab. Das kannst du doch, oder?«

»Klar schaffe ich das. Ich bin ja kein Anfänger«, lachte Kabuki, obwohl er wusste, dass Orientierung nicht seine Stärke war.

Natu wandte sich wieder allen Cache Hunters zu: »Das gilt für uns alle, okay? Wir verwirren sie, sodass sie nicht wissen, wo wir hinfahren. In einer halben Stunde treffen wir uns bei der Ruine.«

An der Kreuzung angekommen, teilten sich die Cache Hunters wie abgemacht auf. Kabuki folgte Nova noch ein paar hundert Meter. Ihr Plan schien zu funktionieren, denn auch die Drachenflüsterer teilten sich auf, statt nur einen von ihnen zu verfolgen.

Mitten auf dem Feldweg riss Kabuki seinen Lenker herum und fuhr quer über die Wiese. Es war holprig, und obwohl er den Lenker fest umklammerte, wurde er ziemlich durchgeschüttelt.

Die Wiese brachte ihn auf einen Kiesweg, der in die Stadt führte. Kabuki blickte nochmals zurück. Ein Fahrrad folgte ihm, ein anderes Nova. In der Dunkelheit konnte er nicht erkennen, wer darauf saß.

In der Stadt angekommen, setzte Kabuki auf Verwirrung. Er bog an den Hausecken ganz knapp ab, zwängte sich durch schmale Gassen und nutzte die Straßen ohne Laternen, damit er sich in der Dunkelheit verstecken konnte.

»Fahr nur! Diesmal entkommst du mir nicht!«, schrie der Drachenflüsterer hinter ihm. Kabuki erkannte ihn an der Stimme, es war Duracell. Den hatte er schon einmal ausgetrickst, also musste es auch ein zweites Mal möglich sein.

Er bog in die Fußgängerzone ab. Bei schönem Wetter saßen hier Leute an den kleinen Tischen vor den Restaurants und verdrückten ihre Pizzen oder andere Menüs. Aber jetzt war alles leer. Die Pflastersteine der Fußgängerzone waren durch den Regen rutschig geworden. Kabuki sauste durch Pfützen und suchte nach einer Fluchtmöglichkeit. Langsam ging ihm die Puste aus. Seine Kleider waren völlig durchnässt.

Am Ende der Fußgängerzone entdeckte Kabuki einen Wegweiser, der in Richtung Wald führte. Das war die Rettung!

Der Wald bot viel mehr Verstecke als die Stadt. Kabuki hatte wieder ein Ziel und das gab ihm Kraft. Er trat nochmals in die Pedale und jagte durch die Straßen, den Wegweisern entlang, wie ein aufgescheuchtes Reh auf der Flucht vor seinem Jäger. Kabuki ließ die Stadt hinter sich und warf sein Rad am Waldrand ins Gebüsch. Von hier aus würde er zu Fuß weitergehen und sich irgendwo im Wald verstecken. Doch, halt! Wo war Duracell geblieben? War Kabuki wirklich so schnell davongeflitzt, dass er ihn abgehängt hatte?

Kabuki traute der Sache nicht. Er lief gebückt in den Wald hinein.

»Verflixt!«, fluchte er, als er durch Brennnesseln kam. Er ging wieder zurück und suchte sich einen anderen Weg zu dem dicken Baumstamm, hinter dem er sich verstecken wollte. Er wischte sich die nassen Locken aus dem Gesicht und spähte zur Straße, von der er gerade gekommen war. Nichts. Auch nach einer gefühlten Minute kam kein Duracell.

Kabuki atmete erleichtert auf. Gerade als er sein Handy zücken wollte, hörte er ein Knacken hinter sich. Er spürte einen Schlag auf seinen Rücken, stolperte über eine Wurzel und fiel auf den nassen Waldboden.

»Wusste ich's doch«, lachte Duracell, der jetzt auf ihn sprang und ihn auf den Boden drückte. »Du bist so leicht zu durchschauen!«

»Lass mich los! Ich habe dir nichts getan!« Kabuki zappelte mit den Beinen, um sich zu befreien, aber das nützte ihm nicht viel.

»Mir nicht. Aber Lax. Und der freut sich schon darauf, sich endlich zu rächen.«

Kabuki erschrak. Lax hatte den Vorfall also nicht vergessen und er wollte Rache. Jetzt verstand Kabuki, weshalb die Drachenflüsterer das Baumhaus nicht verwüstet hatten. Es ging ihm gar nicht um die sieben Siegel! Lax wollte den richtigen Moment abwarten, um zuzuschlagen. Um Kabuki vor seinen Freunden zu blamieren. Um ihn bloßzustellen. Verflixt, jetzt könnte er die Hilfe seiner Freunde echt gebrauchen!

Duracell kramte sein Handy aus der Hosentasche und rief jemanden an. »Ja, ich habe Kabuki im Wald gefangen«, prahlte er. Mit den Knien hielt er Kabuki auf dem Boden fest. »Was? Ich hör dich nicht richtig. Die Verbindung ist schlecht.«

Für einen kurzen Moment war Duracell abgelenkt. Kabuki nahm seine ganze Kraft zusammen und drehte sich auf den Bauch. Dabei schleuderte er Duracell von sich herunter, der unsanft auf dem Boden landete. Schnell sprang Kabuki auf. Doch Duracell war schnell wieder auf den Beinen.

»Na warte! Jetzt bist du dran.« Duracell hob die Fäuste und ging auf Kabuki los. Der erste Schlag ging daneben, aber der zweite war ein Volltreffer. Kabuki hielt sich vor Schmerz die rechte Wange.

»Eigentlich will Lax sich selbst rächen. Aber ich bin sicher, er hat nichts dagegen, wenn ich schon mal etwas vorarbeite«, presste Duracell zwischen zusammengebissenen Zähnen hervor. Seine nassen Haare klebten auf seiner Stirn und er schnaubte wie eine Dampflok.

Gerade als er ein zweites Mal auf Kabuki losgehen wollte, hielt Kabuki dagegen. Er bückte sich und rammte Duracell seinen Kopf gegen die Brust. Duracell verlor das Gleichgewicht und stolperte über dieselbe Wurzel wie Kabuki vor ihm, aber er fiel direkt in die Brennnesseln.

»Aaahhh! Du mieser, kleiner ...« Duracell wollte sich aufrichten. Doch als er sich abstützte, griff er erneut in die Brennnesseln.

Ohne zu zögern, ergriff Kabuki die Flucht. Er rannte durch den Wald, zückte sein Handy und aktivierte die Taschenlampe, um zumindest ein bisschen was zu sehen. Er wollte einfach nur weg und die anderen warnen, bevor es zu spät war. Hastig suchte er in seinen Kontakten nach Natus Nummer. Das Display seines Handys war so nass, dass er sich kaum durch das Adressbuch scrollen konnte. Er versuchte, es an seinem Shirt zu trocknen, doch das war genauso nass.

Nach einigen Versuchen gelang es Kabuki, Natus Nummer zu wählen, aber keiner nahm ab. Er versuchte es bei den anderen Cache Hunters, aber auch da hatte er keinen Erfolg. Ob es schon zu spät war? Hatten die anderen Drachenflüsterer seine Freunde überlisten können?

Plötzlich endete der Wald. Vor ihm lag eine riesige Kuhweide. Kabuki hatte keinen Schimmer, wo er sich befand. Der Himmel war komplett mit Wolken bedeckt, sodass er sich auch nicht am Polarstern orientieren konnte.

Kabuki setzte sich auf den durchnässten Rasen und zog die Beine an. Blitze zuckten am Himmel auf und erhellten kurz die Landschaft. Kabuki hatte keine Ahnung, ob er schon jemals hier gewesen war. In der Nacht sah alles so anders aus.

Kabuki probierte, ob er Internetempfang hatte. Ja, es funktionierte! Rasch gab er Moosburg, den Namen der Ruine, ein. Das Navigationsprogramm zeigte ihm seinen ungefähren Standort, aber es konnte keine Route zur Ruine berechnen. Logisch, hier gab es ja auch weit und breit keinen Weg! Doch das machte nichts, denn nun wusste Kabuki, in welcher Richtung sich die Ruine befand. Der Internetempfang brach ab. Achselzuckend aktivierte Kabuki den Kompass auf seinem Smartphone, merkte sich die Position, in der die Ruine war, und versuchte, immer in diese Richtung zu gehen.

Erleichtert seufzte er auf, als er die alten Mauern erkannte, die sich schwarz von dem dunklen Nachthimmel abhoben. Die Moosburg war nur noch eine Ruine. Aber sie war für ihre unterirdischen Gänge bekannt. Deshalb vermutete Kabuki, dass sich der Cache irgendwo in diesen Gewölben befand.

Die äußeren Mauern der Burg bildeten ein riesiges Quadrat. Kabuki tastete sich an den Wänden entlang. An den Ecken des Quadrats hatten früher Wachtürme gestanden. Bestimmt gingen die Wände bis unter den Boden!

Kabuki suchte nach einem Eingang. Nach zwei Wänden und drei Türmen entdeckte er endlich Tür mit einem rostigen Schloss. Enttäuscht blieb er davor stehen. Er rüttelte daran und plötzlich sprang sie auf. Der Riegel war verbogen.

Unschlüssig blieb Kabuki davor stehen und rief: »Hallo? Ist hier jemand?« Sein Echo hallte von den Wänden zurück. Er leuchtete mit der Handytaschenlampe in die Dunkelheit hinter dem Torbogen. Eine Treppe führte nach unten. Das fahle Licht wurde nach einigen Stufen von der Dunkelheit verschluckt. »Natu? Nova? Atento? Seid ihr da drin?« Keine Antwort. Die Tür war ja auch verschlossen gewesen.

In der Geocaching-App schaute er nach den Hinweisen zum Cache. Da stand: *Sie weisen dir den Weg. Aber lass dich nicht hinters Licht führen.*

Wer sollte ihm den Weg weisen? Und von was sollte er sich nicht hinters Licht führen lassen? Nova oder Atento hätten bestimmt eine Antwort darauf. Er seufzte und blickte sich um. Ungläubig schloss er die Augen kurz und öffnete sie wieder. Da hinten waren Lichter! Der Schein erinnerte an Taschenlampen. Sie kamen vom Wald her direkt auf die Ruine zu.

Die Drachenflüsterer!

Licht in der Dunkelheit

Hastig sah sich Kabuki nach einem Versteck um. Ihm blieb nur ein Weg. Er betrat die Steinstufen, schloss die Tür hinter sich und stieg dann die glitschigen Stufen hinunter. Im Schein der Taschenlampe erkannte er Spinnen mit eklig langen Beinen. Er spürte, wie irgendwelche anderen Viecher versuchten, in seine Hosenbeine zu krabbeln. Kabuki wollte gar nicht wissen, was alles hier unten lebte.

Am Ende der Treppe befand sich ein Gang. Nach ein paar Metern bog ein zweiter, etwas schmalerer Gang, rechts ab. Kabuki überlegte nicht lange. Dort würde er sich verstecken und hoffen, dass die Drachenflüsterer an ihm vorbeigehen würden. Er folgte dem rechten Gang ein paar Meter und ging dann in die Hocke in der Hoffnung, so übersehen zu werden.

Es dauerte nicht lange, da flimmerten bereits die ersten Lichtstrahlen von Taschenlampen auf. Kabuki hörte dumpfe Stimmen. Sie wurden lauter und kamen näher. Kabuki versuchte, in der Hocke noch etwas nach hinten zu rutschen. Die Drachenflüsterer durften ihn nicht erwischen. Wenn Duracell schon so aggressiv gewesen war, wie würde dann Lax reagieren?

Jetzt stand die erste Person bei der Kreuzung. Die Taschenlampen schienen viel zu hell, Kabuki konnte kein einziges Gesicht erkennen. Er machte sich ganz klein, und hoffte, dass sie ihn in der Dunkelheit mit einem großen Stein verwechseln würden.

Plötzlich leuchtete eine Taschenlampe direkt auf ihn. Dann wurde es noch heller und schließlich waren alle drei Taschen-

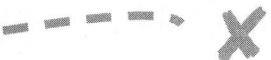

lampen auf ihn gerichtet. Jetzt war alles vorbei. Die Drachen-flüsterer hatten ihn entdeckt. Kabuki zitterte.

»Kabuki?«

Das war Novas Stimme! Kabuki leuchtete mit seiner Han-dylampe zurück.

»Mann! Wir haben dich gesucht!«, sagte Natu und kam auf ihn zu.

Erleichtert stand Kabuki auf und lief seinen Freunden ent-gegen. Als er bei ihnen ankam, sagte er: »Ich habe euch ange-rufen.«

»Im Wald scheint ein Funkloch zu sein. Wir wollten dich auch anrufen, aber es ging nicht.« Atento guckte auf sein Han-dy. »Immer noch kein Empfang.«

»Zum Glück haben wir die Angaben des Cache herunterge-laden. Sonst wären wir jetzt aufgeschmissen.« Nova scrollte durch die Beschreibung, um weitere Hinweise zu finden.

»Das sind wir sowieso! Duracell hat mich erwischt«, be-richtete Kabuki ganz aufgeregt.

»Was? Und wo ist er?« Atento leuchtete in die Gänge. Wahrscheinlich dachte er an eine Falle.

»Keine Panik«, beruhigte Kabuki ihn. »Ich habe ihn abge-hängt. Aber er ging auf mich los wie ein wildes Tier. Und er sagte, dass Lax sich an mir rächen will.«

»Im Ernst?« Natu schüttelte ungläubig den Kopf. »Hat er denn nichts aus der Sache gelernt?«

»Gelernt?«, fragte Kabuki mit einem sarkastischen Grinsen. »Hallo? Wir reden hier von Lax. Der lernt doch nie was.«

»Mooooment!« Nova hob beide Hände und unterbrach das Gespräch. »Weshalb will er sich rächen und was lernt er nicht?«

Jetzt wurde Kabuki wieder ernst. »Na ja ... Lax ist wegen mir von der Schule geflogen.«

»Was?«, fragte Nova ungläubig. »Wegen dir? Ich dachte, der ist geflogen, weil er dauernd rumgepöbelt hat und die Situation dann irgendwann eskalierte.«

»Deshalb wurde er ein paar Mal verwarnt. Und er sagte, dass er sich bessern würde.«

»Das hatte er auch«, stimmte Nova zu und zog die Augenbrauen hoch. »Aber was war dann der Auslöser, dass er die Schule verlassen musste?«

»Na ja, ich ... oder besser gesagt wir ...«, druckste Kabuki herum und blickte betrübt zu Natu. »Wir haben einen Streit angezettelt. Lax ging mir auf die Nerven und ich wollte ihn einfach ärgern. Er tat lange nichts, bis er dann schließlich ausrastete.«

»Was meinst du mit ausrasten? Was hat er gemacht?«, wollte Nova wissen.

»Er hat mich angepöbelt und mich dann über Nacht in den Schulspind gesperrt.«

»Verstehe.« Novas Gesichtsausdruck zeigte, dass ihr plötzlich so einiges klar wurde. »Deshalb hattest du also Angst in der Höhle und im Kanal.«

Kabuki blickte zu Boden und nickte.

»Ich denke, da spielte noch viel anderes mit«, ergänzte Natu. »Aber der Schulspind hat das Fass zum Überlaufen gebracht.«

»Tja, Kabuki, dann musst du deine Angst wohl oder übel nochmal überwinden.« Atento deutete auf den Gang, der weiter ins Innere der Ruine führte. »Wenn wir den Cache loggen wollen, brauchen wir dich da drin.«

Kabuki schluckte. Es fühlte sich an, als ob ein dicker Stein in seinem Hals stecken würde. »Wir können da nicht rein.«

»Was?« Natu war ganz aufgebracht. »Du hast die Höhle überstanden. Sogar aus dem Abwasserkanal bist du wieder heil rausgekommen!« Kabuki entging nicht, dass Natu beim Wort Abwasserkanal ganz kurz zu Nova blickte. »Und jetzt willst du einfach so Halt machen? Junge! Wir sind fast am Ziel.«

»Weiß ich doch«, wies Kabuki ab. »Es ist nicht wegen meiner Angst, sondern wegen Lax. Wenn er mich kriegt, bin ich geliefert. Entweder vermöbelt er mich oder, was noch viel schlimmer ist, er zahlt es mir ein Leben lang heim. Dann vermöbelt er mich nicht nur, sondern jagt mir immer wieder Angst ein.«

Atento wusste, wie fies Lax sein konnte. »So, dass du dich nirgends mehr sicher fühlst, sondern dich jedes Mal umdrehen musst, weil du denkst, dass er hinter dir ist.«

»Na, dann lass dich einfach nicht erwischen.« Nova hielt sich ihre Taschenlampe unters Kinn, wie wenn man eine Gruselgeschichte erzählt. »Wir gucken schon, dass dich der böse Lax nicht in die Finger kriegt.«

Ihr Versuch, die Stimmung aufzuheitern, hatte keinen Erfolg, zumindest nicht bei Kabuki. Die Vorstellung, dass Lax und die anderen Drachenflüsterer hinter ihm her waren, jagte ihm einen Schauer über den Rücken.

»Ich bin nicht sicher, ob ich bei den vielen Gängen den richtigen Weg finde.« Natus Augen scannten den Plan auf dem Display seines Handys. Die Karte lud die einzelnen Gänge nicht. »Das Ganze hier ist sehr verwirrend.«

»Du bringst uns da schon durch«, erwiderte Nova zuversichtlich und leuchtete mit der Taschenlampe in die Gänge.

Auch Kabuki schwenkte sein Smartphone auf der Suche nach einem Hinweis hin und her. Plötzlich blinkte weit hinten im Gang etwas zurück. Ganz kurz, wie das Licht eines Flugzeugs in der Nacht. Kabuki war sich zuerst nicht sicher, ob da wirklich etwas gewesen war, deshalb hielt er die Taschenlampe nochmals in dieser Richtung.

Da war es schon wieder! Ein ganz kurzes Blinken, als ob ihm jemand Morsezeichen geben wollte. »Leute!«, wisperte er beunruhigt. »Schaut euch das an.« Er leuchtete nochmals an dieselbe Stelle und der finstere Gang antwortete ihm mit einem Blinken.

»Entweder ist da hinten jemand«, flüsterte Natu, »oder es ist ein Hinweis.«

Kabuki zog den Kopf ein und erwartete, dass die Drachenflüsterer mit lautem Geschrei aus dem Gang springen würden. Nichts geschah. Es war absolut still.

»Sie weisen dir den Weg. Aber lass dich nicht hinters Licht führen.« Kabuki sagte die Worte vor sich hin, ohne es zu realisieren.

»Das ist es!«, freute sich Nova.

Kabuki zuckte zusammen. »Was?«

»Natu hat recht.« Nova schritt voran und ging auf die Stelle zu, an der das Licht aufleuchtete. »Und Kabuki hat es gerade gesagt.« Sie blieb stehen und offenbarte mit ihrer Taschenlampe, was den Cache Hunters auf das Leuchten antwortete. »Das sind Reflektoren!«

Atento schlug sich mit der Hand auf die Stirn. »Na logisch! Sie weisen dir den Weg. Wie konnten wir nur so blind sein?«

Jetzt schien es eine leichte Aufgabe zu sein. Als die Cache Hunters durch die Gänge schlichen, entdeckte Kabuki schon weit vor den anderen den nächsten Reflektor. Zuerst war es immer nur ein kurzes Aufblitzen, wenn ein Lichtstrahl auf den Reflektor traf. Aber je näher die Cache Hunters mit den Taschenlampen kamen, desto mehr Licht gab es und deshalb leuchteten die fingernagelgroßen Dinger auch länger.

Natu kontrollierte die Route auf seinem Smartphone. Immerhin wusste er, wo in der Ruine sie gerade ungefähr unterwegs waren.

»Da war früher einmal ein Aussichtsturm«, sagte er, als die Cache Hunters in einen größeren Raum kamen.

»Eigentlich ein perfekter Ort für einen Cache«, freute sich Kabuki und wollte gleich mit dem Suchen beginnen.

»Ja, wenn die Reflektoren nicht noch weitergehen würden.« Nova wies mit der Taschenlampe auf das nächste Blinken. Also gingen sie weiter.

»Irgendwie kommt mir das Ganze zu einfach vor.« Atento studierte die Wände, als sie im nächsten Raum ankamen, der auch zu einem früheren Turm gehörte.

»Wie meinst du das?« Kabuki hatte mit seinen Augen bereits den nächsten Reflektor fixiert.

»Na ja ... Eine Ruine mit so vielen Gängen und Räumen, da könnte man was richtig Cooles daraus machen. Ich meine, Reflektoren sind schon cool, aber denen einfach folgen und dann den Cache loggen, ist das nicht ein bisschen einfach?«

»Es muss nicht immer hinter allem ein geheimnisvolles Rätsel stecken«, antwortete Kabuki genervt. »Sei doch froh. Umso schneller loggen wir auch den finalen Cache der sieben Siegel.«

Atento zuckte mit den Schultern und ging weiter, ohne etwas zu sagen. Die Gänge sahen fast immer gleich aus. Zwar bogen einige Seitengassen jeweils vom Hauptweg ab, aber die blinkenden Dinger führten nur durch den großen Gang. Am Ende des Gangs kamen die Cache Hunters immer in einen großen Raum.

»Leute, ich will ja kein Spielverderber sein, aber jetzt sind wir einmal im Kreis gelaufen.« Natu zeigte den anderen das Display. »Und wenn wir so weitergehen, drehen wir uns immer und immer wieder im Kreis.

»Seht ihr? Was habe ich gesagt?« Atento schaute sich im Raum um. Er fuhr mit der Hand über die einzelnen Steine an der Wand. »Da muss es noch was anderes geben.«

»Das ist doch blöd!« Kabuki verschränkte die Arme und atmete tief ein und aus. »Wieso gibt es Reflektoren, wenn die einen nur im Kreis herum leiten?«

»In den Hinweisen stand, sie weisen dir den Weg ...«, erinnerte sich Nova.

»Eben!«, warf Kabuki energisch ein.

»... aber lass dich nicht hinters Licht führen«, beendete Nova den Satz. Einen Augenblick war es ruhig.

»Vielleicht haben wir diesen Satz zu wenig beachtet.« Atento war immer noch mit den Steinen an den Wänden beschäftigt.

»Die Reflektoren haben uns tatsächlich hinters Licht geführt. Das sagt zumindest die Karte. Und der kann man trauen«, stimmte Natu zu. Er schaute hoch und schob sich die Brille zurecht.

»So viele Caches, so viele Siegel, und wir scheitern kurz vor dem Schluss.« Kabuki hatte keine Ahnung, wo sie weitersuchen könnten.

Doch plötzlich wurde Atento ganz aufgeregt. »Natu! Ich brauche was aus deinem Rucksack. Vielleicht sind wir doch noch nicht gescheitert.«

»Hast du etwas gefunden?« Nova wandte sich neugierig Atento zu.

»Nein. Noch nicht. Aber die Sache mit dem Licht kommt mir sehr verdächtig vor.«

Natu nahm seinen Rucksack von der Schulter, stellte ihn auf den Boden und zog den Reißverschluss des Hauptfachs auf. »Was brauchst du denn?«

»Hast du da drin noch andere Taschenlampen? Ich meine, mit anderem Licht?« Atento kniete sich neben Natu und wollte ihm suchen helfen.

»Tststs«, zischte Natu und stieß Atentos Hand weg. »Wenn

du hier rumwühlst, finde ich gar nichts mehr. Also, was brauchst du genau?«

»Hast du eine Taschenlampe mit ultraviolettem Licht?«, fragte Atento ungeduldig.

»Aber natürlich habe ich eine UV-Taschenlampe«, antwortete Natu stolz und fischte sie mit einem Handgriff aus dem Rucksack.

»Das ist genial!«, jauchzte Nova und klatschte in die Hände.

Natu war geschmeichelt und wehrte das Kompliment ab: »Jeder gute Geocacher hat doch eine UV-Lampe dabei.«

»Nein! Ich meine die Idee mit dem anderen Licht. Du bist wirklich ein toller Rätselcrack«, erklärte Nova und klopfte Atento auf die Schulter.

»Jeder gute Geocacher hat doch eine UV-Lampe«, schmunzelnd äffte Kabuki Natu nach. Natu zog eine Grimasse, doch dann musste er auch grinsen.

»Leute! Hört auf herumzukichern und kommt her! Atento hat etwas entdeckt!« Nova winkte den beiden aufgeregt zu.

Als Kabuki sah, worauf Atento mit der UV-Lampe leuchtete, blieb ihm fast der Atem weg. »Das ... das ist ... eine Taube.«

»Eine Taube mit einem Ölzweig im Mund, um genau zu sein. Wie in der Geschichte von Noahs Arche. Als Noah sie fliegen ließ, hoffte er, dass sie etwas finden würde. Das war für ihn sehr wichtig«, erklärte Nova.

»Weshalb war es so wichtig für ihn?«, wollte Kabuki wissen.

»Du hast doch die Geschichte gehört, die Astra erzählt hat. Stell dir vor, du bist mit deiner Familie und vielen Tieren monatelang auf einem Schiff. Kein Luxusdampfer, sondern ein Schiff aus Holz, auf dem es bestimmt mörderisch stank.«

»Ja, nach Elefantenkacke«, lachte Natu.

Nova rollte mit den Augen. »Als die Taube mit dem frischen Ölzweig im Mund zurückkehrte, wusste Noah, dass das Wasser bis zur Baumgrenze gesunken war und die Bäume neu austrieben. Das bedeutete, dass Noah und seine Familie die Arche bald wieder verlassen konnten. Stellt euch das mal vor.«

»Das heißt, die Taube wies Noah sozusagen den Weg«, meinte Atento nachdenklich und betrachtete die Taube, die vor ihnen an die Wand gezeichnet war. »So wie diese hier.«

»Den Weg weisen würde ich jetzt nicht sagen. Aber die Taube gab Noah sicher Hoffnung. Hoffnung auf etwas, das er in diesem Moment noch nicht sehen konnte.«

»Also gibt es doch einen Zusammenhang.« Jetzt fuhr Atento mit der Hand über die Taube. »Vielleicht bringt sie uns auch an einen Ort, den wir jetzt noch nicht sehen.«

»Du meinst einen Geheimgang? Wie bei Indiana Jones?« Kabuki war begeistert.

»Du glaubst doch nicht im Ernst, dass es in der Moosburg einen Geheimgang gibt? Das ist doch nur noch eine alte Ruine. Wir sind hier nicht in einem Abenteuerfilm! Das hier ist echt«, wies ihn Natu zurecht.

»Ganz genau«, versuchte Nova die Stimmung zu lockern. »Und dieser Cache ist von gerissenen Geocachern versteckt worden. Die ganze Reihe war doch bisher ziemlich genial. Am Anfang einfach und dann immer schwieriger.«

Kabuki ließ sich die bisherigen Caches nochmals durch den Kopf gehen. »Ja, wir hatten zuerst die Nanos, die uns in die Höhle geführt haben. Dann den Cache in der Drachenhöhle. Den Multi-Cache im Zoo, der über verschiedene Stationen lief und in einem Abflussrohr endete. Das Mystery-Rätsel, das uns zum Baumhaus führte, unserer Arche. Dann haben wir den Earth-Cache gelöst, der uns in diese Ruine gebracht hat. So abwegig wäre ein Geheimgang gar nicht.«

Natu schüttelte den Kopf und widersprach: »Das kann nicht sein. Der Gang wäre auf der Karte eingezeichnet.«

»Nicht wenn es ein Gang ist, den man nicht entdecken soll«, entgegnete Nova. Sie setzte ein gerissenes Lächeln auf und presste ihre Hand auf den Stein mit der Taube. Tatsächlich ließ sich der Stein ein paar Zentimeter in die Wand drücken. Erschrocken traten die Cache Hunters ein paar Schritte zurück. Kabuki zog den Kopf ein, weil er dachte, dass gleich irgendwelche Giftpfeile aus der Wand geschossen kämen.

Als Nova den Stein losließ, fuhr er in seine Ausgangsposition zurück. Nichts passierte.

»Seht ihr? Alles nur Show«, beharrte Natu.

Enttäuscht ließ Nova von dem Stein ab.

»Nein! Das ist mehr als nur Show.« Atento untersuchte den Stein neugierig und leuchtete dann mit der UV-Lampe auf die anderen Wände und Steine im Raum. »Ich wette, das ist nicht der einzige Schlüssel. Kabuki hat das Rätsel durchschaut. Es ist wie bei Indiana Jones.«

Kabuki sah Natu mit großen Augen an. »Ich habe das Rätsel gelöst«, sagte er lautlos zu ihm, indem er nur die Lippen bewegte. Dann rannte er Atento hinterher, der den Raum verlassen hatte und wieder dem Gang folgte. »Hey, warte! Wo willst du hin?«

Natu markierte den Raum auf seiner digitalen Karte und folgte mit Nova seinen beiden Freunden. Atento hatte es so eilig, dass sie kaum mit ihm Schritt halten konnten.

»Es gibt vier Räume. Vier ehemalige Türme«, erklärte Atento während er durch den Gang huschte. »Ich bin sicher, dass es in den anderen Räumen auch so einen Stein gibt.«

Die Cache Hunters folgten dem Hauptgang, der sie in die

anderen Räume brachte. In jedem zeigte sich im ultravioletten Licht eine Taube, die auf einen der Steine gezeichnet war. Natu hielt jeden Fund mit einer Markierung auf der Landkarte fest. Bald hatte er eine Idee, wozu diese getarnten Schlüssel dienen könnten.

Natu schob seine Brille gerade und erklärte: »Früher wurden geheime Gänge und Räume für Schätze gebaut. Und weil niemand den Schatz finden sollte, außer natürlich die Eingeweihten, wurden solche Konstruktionen gebaut.«

»Du meinst, die Dinger führen uns in eine echte Schatzkammer?« Kabuki konnte es kaum glauben. »Vielleicht finden wir ja noch ein paar Goldmünzen! Die sind heute bestimmt einen Haufen Kohle wert.«

»Wohl kaum«, kicherte Nova. »Wenn es in der Moosburg wirklich einen Schatz geben würde, wäre der schon lange gefunden worden.«

Kabuki senkte enttäuscht seinen Kopf.

»Trotzdem ist eine Schatzkammer ein Hammer-Versteck für einen Geocache. Verschiebbare Steine, das habe selbst ich noch nicht erlebt!«, sagte Atento. Ihm stand die Aufregung ins Gesicht geschrieben. Seit er die erste Taube entdeckt hatte, war er hin und weg von dem Rätsel. Seine Begeisterung war ansteckend.

»Also, wir sind vier Personen und wir haben vier Räume mit je einer Taube.« Natu überblickte die Situation nochmals ganz genau auf dem Display. »Aufgrund dieser Karte vermute ich die Schatzkammer in der Mitte der Burg.«

»Sobald wir die Steine loslassen, fahren sie wieder in die Ausgangsposition zurück«, ergänzte Atento. »Das heißt, wir müssen alle gleichzeitig drücken, loslassen und rennen.«

»Und das ziemlich schnell.« Natu zoomte die einzelnen Gänge auf der Karte heran. »Wir brauchen sicher zehn Sekunden, um von einem Raum bis zur Schatzkammer zu kommen.« Er zeigte mit dem Finger auf die Mitte der Burg. »Das müsste der Eingang sein.«

»Alles klar. Worauf warten wir dann noch? Öffnen wir diese Schatzkammer und holen wir uns den Cache!« Kabuki konnte es kaum erwarten.

»Also gut. Wir teilen uns auf die Räume auf. Zeitvergleich.« Nova drückte auf ihr Handy, sodass die Uhr aufleuchtete.

Auch die anderen warfen einen Blick auf ihre Uhren und Handys. Sie stellten überall exakt die gleiche Zeit ein. Dann verteilten sie sich auf die verschiedenen Räume. Sie machten ab, pünktlich zur nächsten Viertelstunde auf den Stein zu drücken, diesen zehn Sekunden so zu halten und dann loszurennen.

***

Es war so weit. Kabuki stand vor dem Stein und hielt bereits die Hand darauf. Sie waren der Reihe nach in die übrigen drei Räume gegangen und jeweils einer von ihnen war dort zurückgeblieben. Da sie nur eine UV-Taschenlampe hatten, musste jeder sich die Stelle seines Steins merken. Noch knappe zwanzig Sekunden, bis es losging.

Kabuki war nervös und wippte von einem Fuß auf den anderen. Gleich würden sie die Tür öffnen und alle Cache Hunters mussten schnell genug sein, um in die Schatzkammer zu kommen. Hoffentlich würde er von der Tür nicht zerquetscht werden. In Abenteuerfilmen sah das immer so einfach aus. Aber das hier war echt, das war die Wirklichkeit.

Mitten in der Stadt und auf dem umliegenden Land hatten sie in der letzten Zeit so viele coole Plätze entdeckt, die für Muggel immer verborgen bleiben würden. Kabuki war froh, ein Teil dieser Schatzsuche zu sein. Und er war noch glücklicher, neue Freunde zu haben. Nein, *diese* Freunde zu haben, denn sie waren in diesem Abenteuer unglaublich zusammengewachsen.

Noch vier Sekunden. Drei, zwei, eins ... Kabuki drückte den Stein in die Wand, bis es nicht mehr weiterging.

Er blickte auf das Handy und wartete zehn Sekunden ab. Dann rannte er los. Der fahle Lichtstrahl seines Smartphones wies ihm den Weg. Mit zusammengekniffenen Augen hetzte er durch den Gang zur Mitte der Moosburg. Bald sah er aus den anderen Gängen den schwachen Schein der Taschenlampen der anderen.

Der Erste war schon dort. Kabuki konnte nicht genau erkennen, wer es war, aber die Person verschwand in der Wand. Dort musste eine offene Tür sein.

»Ich komme!«, hechelte er und legte nochmals einen Zahn zu.

Plötzlich tauchte an einer Abzweigung neben ihm ein Lichtstrahl auf. Irgendetwas packte ihn unsanft und schmetterte ihn auf den Boden. Kabuki verschlug es den Atem, als er auf dem Rücken landete. Für ein paar Sekunden bekam er keine Luft. Er versuchte, tief in den Bauch zu atmen, aber es funktionierte nicht. Er spürte, wie seine beiden Arme auf den Boden gedrückt wurden. Jemand hielt seine Beine so, dass er sich nicht bewegen konnte.

»Jetzt habe ich dich«, hauchte eine Stimme in sein Ohr, die ihn erschaudern ließ.

Verräter

»Du weißt nicht, wie lange ich auf diesen Moment gewartet habe.« Lax drückte sein Knie in Kabukis Magen.

Ein unglaublicher Schmerz durchfuhr Kabuki. Er hatte das Gefühl, sich gleich übergeben zu müssen. Bevor er etwas antworten konnte, hievten ihn Duracell und Nemirna vom Boden hoch.

»So sieht man sich wieder«, spottete Duracell mit feuchter Aussprache und die Spucketropfen trafen Kabuki mitten ins Gesicht.

Die Taschenlampen der Drachenflüsterer blendeten ihn. Trotzdem konnte er gerade noch sehen, wie sich die steinerne Tür zur Schatzkammer schloss. Er hoffte innig, dass seine Freunde es rechtzeitig geschafft hatten.

Duracell und Nemirna drückten ihm die Arme auf den Rücken. Kabuki biss vor Schmerz die Zähne zusammen. Es tat so weh, dass ihm eine Träne über seine Wange kullerte.

»Ooh! Muss unser kleiner Hobbycacher etwa weinen?«, foppte Lax und lachte spöttisch.

Duracell grunzte vergnügt mit. Seine Arme waren von roten Flecken übersät, die Brennnesseln hatten deutliche Spuren hinterlassen.

»Lass uns doch darüber reden«, wimmerte Kabuki.

»Reden? Ha!« Lax schüttelte den Kopf und boxte Kabuki in den Magen. »Reden ist was für Feiglinge! Das passt nicht zu mir.«

Kabuki stöhnte vor Schmerz. Noch so einen Volltreffer würde er nicht verkraften. Seine Beine zitterten, aber Duracell und Nemirna zwangen ihn, stehen zu bleiben.

»Was willst du von mir?«, schrie Kabuki.

»Was ich von dir will?« Lax bäumte sich vor ihm auf und packte ihn am Shirt. »Weißt du eigentlich, was du mir angetan hast? Wegen dir musste ich die Schule wechseln!« Er schubste ihn mit beiden Händen. »Und was noch viel schlimmer ist: Wegen dir musste ich meine Freunde verlassen!« Ein zweiter Schubser. »Die neue Schule ist am anderen Ende der Stadt. Alles was ich aufgebaut hatte, hast du zerstört!«

Der dritte Schubser war so stark, dass Duracell und Nemirna Kabuki nicht mehr halten konnten. Er fiel zu Boden.

Lax setzte sich sofort auf ihn, sodass Kabuki seine Arme nicht mehr bewegen konnte, ballte seine Hände und holte aus. »Und dafür musst du jetzt büßen.«

Kabuki kniff die Augen zusammen und zog die Schultern hoch. Gleich würde Lax zuschlagen.

»Moment! Wir brauchen ihn noch«, sagte der ältere Junge, der bisher eher zurückhaltend im Schatten gestanden hatte und jetzt Lax' Faust ergriff, um ihn davon abzuhalten zuzuschlagen.

Kabuki kannte den Jungen nicht. Aber er war froh, dass wenigstens einer halbwegs auf seiner Seite war.

Lax nahm die Faust herunter und ließ von Kabuki ab. »Und ob wir ihn noch brauchen. Immerhin haben wir gerade erst angefangen.«

Als Lax aufstand und Kabuki sich aufrichtete, hielten ihn Duracell und Nemirna sofort wieder fest. Erst angefangen? Kabuki schauderte bei dem Gedanken, was Lax hier unten in den Gängen der Moosburg wohl mit ihm vorhaben könnte.

»Ich will, dass er das spürt, was ich durchgemacht habe. Ich will, dass es ihm wie mir ergeht«, sagte Lax hasserfüllt zu seinen Drachenflüsterern. »Und ich will, dass seine Freunde genauso darunter leiden.«

»Nein! Nicht meine Freunde!« Kabuki versuchte, sich los-zureißen, aber die beiden Geschwister hielten ihn zu fest. »Ich warne dich!«, rief er hilflos aus.

»*Du* warnst *mich*?«, fragte Lax spöttisch und zeigte auf Ka-buki. »Seht ihn euch an, diesen kleinen Wurm. Er will mich warnen. Sei froh, wenn du überhaupt noch was sagen kannst, wenn ich mit dir fertig bin.«

Jetzt kam Lax mit seinem Gesicht ganz nah an Kabukis he-ran. »Ich sage dir jetzt, wie der Laden läuft. Eine Chance hast du noch. Ich will den Cache, den deine Freunde da drin gera-de holen.«

»Vergiss es! Den kriegst du nicht!«, protestierte Kabuki und schrie auf, als Duracell und Nemirna den Griff hinter seinem Rücken verstärkten.

Lax lachte hämisch. »Und ob ich ihn kriegen werde. Und weißt du, weshalb? Deinetwegen! Oder glaubst du etwa, dass dich deine Freunde im Stich lassen werden?«

Kabuki kullerte eine zweite Träne über die Wange, dies-mal aber nicht vor Schmerz, sondern weil Lax seine verwund-barste Stelle gefunden hatte. Nein, seine Freunde würden ihn bestimmt nicht im Stich lassen. Aber dann würden sie alles verlieren. Alles, worauf sie in den letzten Tagen hingearbei-tet hatten.

Das Siegel in der Schatzkammer führte zum letzten der sie-ben Siegel. Und wenn die Drachenflüsterer vor den Cache Hunters erfuhren, wo es sich befand, würden sie das Geheim-nis zuerst lüften.

»Was ist mit dem neuen Lax? Ich dachte du wolltest dich bessern!«, schrie Kabuki mit Tränen in den Augen. »Aber weißt du was? Du hast dich überhaupt nicht gebessert!«

Lax verpasste ihm einen weiteren Schlag. Diesmal traf er die Rippen. »Ach ja? Und wer ist daran schuld?«

Kabuki dachte daran, wie sehr er und Natu Lax provoziert hatten.

»Es tut mir leid«, sagte er. »Wir waren fies.«

Ungläubig sah ihn Lax an. Kurz flackerte ein weicherer Ausdruck über sein Gesicht. Dann wurde es wieder hart wie Stein.

»Fies? Ihr kleinen Ratten könnt mir gar nichts. Aber du wirst dafür bezahlen, dass ich von der Schule geflogen bin.«

Kabuki überlegte fieberhaft, was er tun konnte, um Lax umzustimmen. Er war wütend, aber gleichzeitig auch traurig. Lax war kurz davor, die Cache Hunters zu vernichten.

Lax wandte sich dem Jungen zu, den Kabuki nicht kannte. »Siehst du, Flury, mit was für Würmern ich mich abgeben musste?« Er blickte zu Kabuki. »Mach dich auf was gefasst. Die neue Ära der Drachenflüsterer hat gerade erst begonnen.«

Plötzlich öffnete sich die Steintür der Schatzkammer.

»Lasst ihn sofort los!«, brüllte Nova, als sie mit den anderen Cache Hunters aus der Schatzkammer kam und im Schein der Taschenlampe sah, was los war.

»Bleibt zurück! Sonst tut ihr eurem Freund weh!« Nemirna zog etwas fester an Kabukis Arm. Sofort schrie er auf.

Abrupt blieb Nova stehen und hielt Atento und Natu zurück. »Geht nicht näher, sie haben ihn im Polizeigriff.«

»Willkommen, willkommen«, grüßte Lax, mit einer aufgesetzten, überfreundlichen Stimme. »Willkommen in der Ruine der Moosburg, zum Untergang der Cache Hunters.«

»Was? Wovon spricht er da?«, flüsterte Natu Nova zu. Die schüttelte nur den Kopf.

Lax fixierte die Plastikdose, die Atento rasch hinter dem Rücken versteckte. »Wie ich sehe, seid ihr fündig geworden. Kein Wunder, mit einem ehemaligen Drachenflüsterer. Ihr habt den Cache also gefunden, in dem sich das fünfte Siegel versteckt.«

Erschrocken blickte Natu zu Atento. »Woher weiß er davon?«

Atento zuckte unschuldig mit den Schultern, als ob Natus Blick ein Vorwurf sei, weil er mal bei den Drachenflüsterern gewesen war.

»Oh, keine Sorge. Dieser Verräter hat nichts damit zu tun«, erklärte Lax bissig. »Diesmal hatte ich andere Hilfe.« Er nickte Flury zu, der sich im Schatten an der Wand versteckte und nun langsam ins Licht der Taschenlampen kam.

»Flury?« Novas Augen wurden groß. Sie konnte nicht fassen, dass ihr Bruder mit der Bande gemeinsame Sache machte. Im zweiten Augenblick wurde sie wütend. »Wie kannst du nur!«, schrie sie.

»Du kennst ihn?«, platzte es aus Kabuki heraus.

Sie erwiderte seinen Blick. Zum ersten Mal erkannte Kabuki eine gewisse Verzweiflung in ihren Augen.

»Das ist mein Bruder«, antwortete sie verstört.

Kabuki wusste nicht, was er darauf sagen sollte. Natu sah komplett verwirrt aus.

Atento fragte verblüfft: »Wieso, Flury, wieso?«, und schüttelte dabei den verständnislos den Kopf.

Flury schwieg. Er senkte seinen Kopf, sodass er niemandem mehr in die Augen sehen musste.

Lax antwortete für ihn: »Ganz einfach, weil ich ihm etwas bieten kann. Ich nehme die Wünsche meiner Bandenmitglieder ernst.« Lax klopfte Flury kumpelhaft auf die Schulter.

»Und was haben wir damit zu tun? Weshalb kannst du uns nicht einfach in Ruhe lassen?« Natu kochte vor Wut. Kabuki hatte ihn noch nie zuvor so zornig erlebt.

»Weil wir noch eine Rechnung offen haben. Und das solltest du ebenso gut wissen wie ich«, schoss Lax wütend zurück. »Oder wer hat sich damals hinter diesen Wurm gestellt?«

»Und das willst du uns jetzt ein Leben lang nachtragen? Du hast Kabuki doch schon dafür bestraft! Irgendwann muss man auch vergessen können!« Natu hatte die Fäuste so fest geballt, dass es ihm beinahe das Blut abdrückte.

»Wenn ich vergesse, dann mache ich das auf meine Art«, protzte Lax. Er genoss es, im Vorteil zu sein. »Ich vergesse, indem ich mich räche. Ich habe mich dafür gerächt, dass Kabuki so fies war. Und jetzt werde ich mich dafür rächen, dass er mich verraten hat und ich von der Schule geflogen bin. Und wenn ihr nicht dauernd Angst haben wollt, dann gebt ihr mir besser das, was Atento hinter seinem Rücken versteckt.«

Atento nahm die Hand hinter seinem Rücken hervor, in der er die Plastikdose hielt, den Cache, den sie in der Schatzkammer gefunden hatten.

»Das fünfte Siegel im Tausch gegen euren Freund hier«, sagte Lax und deutete mit dem Kopf zu Kabuki.

»Ihr müsst das nicht tun. Macht ohne mich weiter!«, bot Kabuki hilflos an.

Die Cache Hunters überlegten kurz. Kabuki war sich sicher, dass sie nicht überlegten, ihn im Stich zu lassen, sondern ob es noch eine andere Möglichkeit gab. Eine Möglichkeit, an die bisher noch niemand gedacht hatte.

Seine Hoffnung auf einen Plan B erlosch, als Nova sagte: »Okay.«

Natu und Atento blieben wie gebannt stehen. Nova hatte soeben die Entscheidung getroffen. Die Entscheidung, all das Erarbeitete, das sie so weit gebracht hatte, einzutauschen.

Lax gab Duracell und Nemirna ein Zeichen. Sie kamen den Cache Hunters mit Kabuki auf halbem Weg entgegen, Lax begleitete sie. Atento ging auf die vier zu. In dem Moment, als er ihm die Dose übergab, ließen seine zwei Handlanger Kabuki los und stießen ihn in Atentos Richtung.

»Du kannst gehen.« Lax nahm den Cache mit einem fiesen Grinsen entgegen. Bevor er und seine Drachenflüsterer in den Gang abbogen, der sie zurück nach draußen führen würde, drehte Lax sich nochmals zu den Cache Hunters um.

»Danke, Nova«, sagte er kalt.

Seine Worte ließen Kabuki erschaudern. Weshalb dankte er ihr? Völlig entgeistert hörte er, wie Lax fortfuhr: »Ohne dich hätten wir den Weg hierher nicht gefunden. Danke fürs Ausspionieren.« Mit diesen Worten verließen die Drachenflüsterer die Ruine.

Kabuki fiel es wie Schuppen von den Augen. Nova war eine Betrügerin. Sie war eine Spionin. Die ganze Zeit über hatte sie zu den Drachenflüsterern gehört. Deshalb hatte sie ihnen so schnell die Dose gegeben!

Kabuki stand der Mund offen. Er schüttelte den Kopf und wollte es nicht glauben.

»Nein, das stimmt nicht. Hört ihr? Er lügt!«, rief Nova. Hilflos blickte sie zu ihren Freunden.

Aber Kabuki wusste nicht, ob er noch ein Freund von ihr war. Er wusste nicht, was er von ihr halten sollte. Ihr Bruder war ein Drachenflüsterer. Weshalb sollte nicht auch etwas für sie dabei herausspringen, wenn sie mit ihm unter einer Decke steckte? Leute um den Finger wickeln konnte sie gut. Kabuki kam ein schrecklicher Gedanke. Weshalb sollte sich ein Mädchen wie Nova mit ihm abgeben, wenn es keine Hintergedanken hatte?

Bevor er etwas sagen konnte, platzte Natu heraus: »Siehst du, Kabuki? Ich wusste es von Anfang an. Sie hat uns verraten. Verraten und verkauft! An die Drachenflüsterer!«

»Nein! Das kann nicht sein!«, widersprach Kabuki zögerlich, obwohl er selbst nicht wirklich an seine Worte glaubte.

»Ach ja? Und weshalb ist sie dann einfach so per Zufall in der Höhle aufgetaucht, gerade als die Drachenflüsterer hinter uns her waren?«

»Das könnte ich euch genauso gut fragen«, wehrte sich Nova, aber Natu hörte ihr gar nicht zu.

»Überleg doch mal!« Natu tippte sich wütend mit dem Finger an die Stirn. »Die beiden spielen in einer anderen Liga.« Er zeigte auf Nova und Atento. »Wir gehören zu den Anfängern. Das ist noch zu groß für uns. Weshalb sollten die beiden sich mit uns abgeben? Sie wollte dich doch nur um den Finger wickeln!«

»Wie bitte?«, fragte Kabuki aufgebracht und trat ein paar Schritte auf Natu zu.

Doch Natu machte seinem Ärger weiter Luft: »Weshalb wollte sie wohl mit dir eine Gruppe bilden im Zoo? Oder das Händchenhalten im Abflussrohr, glaubst du, das habe ich nicht gesehen? Glaubst du, sie will sich wirklich mit *dir* abgeben?«

»Hallo! Ich stehe vor euch und kann euch hören!« Nova warf die Hände in die Luft, als Natu mit einer Anschuldigung nach der anderen kam.

Kabuki versuchte, Nova neutral zu betrachten, aber er konnte es nicht. Jedes Argument von Natu war wie ein Stich in sein Herz. Mit jedem Argument verblasste das Magische an Nova mehr. Und es verblasste so sehr, dass er schlussendlich selbst nicht mehr daran glaubte.

»Kabuki! Bitte! Nichts davon ist wahr«, flehte Nova.

»Ach ja? Von Anfang an hat sie sich zwischen uns gestellt«, warnte Natu.

Nova und Natu sahen Kabuki an. Sein Blick wechselte zwischen den beiden hin und her. Wer hatte recht? Wem sollte er vertrauen?

Natu dauerte das zu lange. »Du vertraust lieber ihr als deinem besten Freund. Ich verstehe.« Er packte seinen Rucksack und hastete aus der Ruine.

»Vielleicht sollten wir ...«, versuchte Atento, die Situation zu retten.

Aber Kabuki schnitt ihm den Satz ab: »Es gibt kein Wir! Es ist vorbei! Habt ihr gehört? Die Cache Hunters sind tot. Es gibt sie nicht mehr.«

Neue Hoffnung

Als Kabuki zu Hause ankam, schlich er sich sofort in sein Zimmer. Er zog die nassen Sachen aus, streifte einen Schlafanzug über, ließ sich auf sein Bett plumpsen und vergrub sein Gesicht im Kissen. Er hatte seinen Eltern eine SMS geschrieben, dass er nach Hause kommen würde. Den besorgten Anruf, der darauf folgte, hatte er einfach ignoriert.

Auf keinen Fall sollten sie hören, wie er weinte. Er konnte die Tränen nicht mehr zurückhalten. Ein anstrengender Tag, der einer wilden Achterbahnfahrt glich, lag hinter ihm.

In Kabukis Kopf drehten sich die Gedanken wie ein Karussell. Allmählich gelang es ihm, all die Eindrücke zu sortieren. Der Tag hatte so gut angefangen! Das Baumhaus war richtig cool, eine eigene Festung für die Cache Hunters! Die wilde Verfolgungsjagd war aufregend geworden, aber er hatte Duracell überwältigt. Sie hatten eine echte Schatzkammer in der Ruine gefunden, auch wenn er selbst nicht drin gewesen war. Aber nun war alles aus. Plötzlich war Nova eine Verräterin. Eine Spionin der Drachenflüsterer.

Es klopfte an der Tür. »Florian?«

Er antwortete nicht und versuchte, das Weinen zu unterdrücken.

»Was ist denn los?«, hakte seine Mutter nach. »Bist du krank? Darf ich reinkommen?«

»Ich bin wieder da, Mama. Lass mich. Ich will alleine sein«, wimmelte er seine Mutter ab.

»Falls du reden willst oder sonst was ist, ich bin unten«, bot sie ihm an.

Erst nach einiger Zeit beruhigte er sich wieder. Natus Worte hallten noch immer in seinem Kopf nach. Weshalb sollte sich ein Mädchen wie Nova mit ihm abgeben? Mit Kabuki, der nicht zu den großen Geocachern gehörte. Der nicht so gut Rätsel lösen konnte wie Atento oder sich so gut wie Natu orientieren konnte. Ja, er hatte ein gutes Auge für Verstecke. Aber in einer höheren Liga war das so viel wert wie ein löchriger Fußball in der Nationalmannschaft. Die Enttäuschung zog Kabuki in ein großes, schwarzes Loch.

So sehr Kabuki versuchte, ein Held zu sein, er war keiner! Und er würde auch nie einer werden. Davon war er überzeugt. Natu hatte recht. Kabuki war ein Anfänger. Ein Geocacher in der Pampersliga.

Frustriert stand Kabuki auf und schlurfte zu seinem Schreibtisch. Er starrte auf das Poster, das an der Wand hing. Die Halle der Helden. Ihm war, als ob ihn das Bild auslachen würde. Als ob es sagen würde, dass er es nie schaffen würde, seinen Namen in die Halle der Helden zu schreiben. Und das Schlimmste war, Kabuki musste nun einsehen, dass das stimmte.

Er kletterte auf die Tischplatte, riss das Poster von der Wand und zerknüllte es. Damit beerdigte er seinen Traum. Schluss, aus und vorbei. Er war fertig mit der Welt!

Er löschte das Licht und ließ sich wieder aufs Bett fallen. Der Regen prasselte ans Fenster, als ob der Himmel mit ihm weinen würde. Kabuki starrte an die Decke. Er verlor das Zeitgefühl. Vielleicht waren es Minuten, vielleicht Stunden. Er bekam seine Augen nicht zu und konnte einfach nicht schlafen.

Nova hatte nur mit ihm gespielt. Immer und immer wieder kreisten diese Gedanken in seinem Kopf. Sie war gar nie eine Freundin gewesen. Sie hatte nur so getan, um an die sieben Siegel heranzukommen. Natu hatte es von Anfang an geahnt.

Weshalb war Kabuki nur so dumm gewesen? Jetzt hatten die Drachenflüsterer das fünfte Siegel und vielleicht auch schon das sechste.

Plötzlich schoss Kabuki ein Gedanke durch den Kopf. Wenn die Drachenflüsterer das fünfte Siegel geloggt hatten, müsste es auf ihrem Profil erscheinen.

Sofort suchte er nach seinem Smartphone. Verflixt! Wo hatte er es nur hingelegt? Kabuki suchte erst unter der Bettdecke. Schließlich fand er das Handy unter dem Kissen. Er loggte sich in seinen Geocaching Account ein und tippte auf den letzten Cache.

»Die Drachenflüsterer haben ihn noch nicht geloggt«, flüsterte er vor sich hin und blickte auf die Uhr. Es war mitten in der Nacht. Zwei Stunden waren vergangen, seit die Drachenflüsterer die Moosburg verlassen hatten. Dann hätten sie den Cache schon längst loggen können. Weshalb taten sie es nicht?

Kabuki war verwirrt. Eigentlich wollte er sich freuen, denn dann hätten die Cache Hunters noch eine Chance. Aber dann dachte er wieder an den Tod seines Teams. Es war vorbei.

Nein! So durfte es nicht enden. Nicht, wenn noch ein Funken Hoffnung da war. Diese Funken entfachte in Kabuki plötzlich ein Feuer. Kabuki legte alle Vorwürfe von Lax beiseite. Er wollte nicht mehr glauben, dass Nova eine Verräterin war. Er wollte die Nova zurück, die er kennengelernt hatte.

Und er wollte seinen besten Freund zurück, auch wenn Natu ihm vorwarf, zu den Anfängern zu gehören. Mit der Hilfe von Natu, dem Navigator, Atento, dem Rätselcrack der ersten Stunde, und Nova, die einen riesigen Schatz an Erfahrung und Wissen hatte, konnten sie es zu etwas bringen. Nein, sie konnten es sogar zu etwas ganz Großem bringen. Davon war Kabuki überzeugt.

Einmal wollte er ein Held sein! Jetzt hatte er die Chance dazu.

Leise zog er sich an. Kurz darauf schlich er auf Zehenspitzen aus seinem Zimmer, die Treppe hinunter, schlüpfte in seine zerschlissenen Schuhe und machte sich mit seinem Fahrrad auf, zurück in die gewittrige Nacht.

Kabuki radelte nur ein paar hundert Meter, bis er bei Natus Haus ankam. Trotzdem war er ziemlich nass geworden. Er legte sein Fahrrad auf den Boden und huschte auf die Rückseite des Zweifamilienhauses in den schön geschmückten Garten.

In der Dunkelheit war es für Kabuki nicht einfach, sich zu orientieren. Aber er kannte die kleinen Kieswege, die durch den perfekt gemähten Rasen führten und um die Skulptur in der Mitte und um die Büsche herum. Natus Eltern waren nicht reich, aber der Garten war ihr Hobby.

Kabuki wählte Natus Nummer, aber niemand ging ran. Vermutlich hatte er das Handy auf lautlos gestellt. Bei einem der Wege schnappte Kabuki sich deshalb ein paar Kieselsteine und warf sie einzeln nacheinander an die Fensterscheiben von Natus Zimmer. Im ganzen Haus war es stockdunkel. Alle schienen bereits zu schlafen. Kabuki schleuderte weitere Steine zum Fenster.

Es dauerte eine Weile, bis plötzlich Licht anging. Natu öffnete das Fenster.

»Hast du sie noch alle? Wenn dich meine Mutter entdeckt, kriege ich lebenslänglich«, zischte er.

»Wieso du? Ich werfe doch die Steine.«

»Die Logik meiner Mutter muss niemand verstehen. Was willst du hier? Hau ab! Es ist gelaufen.« Natu wollte das Fenster gerade wieder schließen.

»Warte!«, bat Kabuki. »Wir müssen ihn zurückholen.«

»Was? Wen? Wovon sprichst du?«

»Na vom Cache, was denn sonst. Die Drachenflüsterer haben ihn noch nicht geloggt.« Kabuki zeigte ihm das Display seines Handys, als ob Natu auf diese Distanz hätte lesen können, was da stand.

»Ist doch egal. Ich bin fertig mit der Sache.«

»Nein! Bist du nicht! Und das weißt du ganz genau!«, protestierte Kabuki. »Du willst das Finale der sieben Siegel genauso erleben wie ich. Also tu nicht so, als ob es dir gleichgültig wäre.«

Zu spät. Natu schloss das Fenster und löschte das Licht. Er ließ seinen besten Freund wortwörtlich im Regen stehen.

»Das kannst du nicht machen!«, schrie Kabuki und hielt sich gleich darauf den Mund zu. Er hatte vergessen, dass Natus Eltern ihr Zimmer einen Stock tiefer hatten. Erschrocken hielt er die Luft an und atmete wenig später auf, als kein Licht anging.

So leicht ließ er sich nicht abwimmeln. Er durchfuhr den Kies mit der Hand wie eine Baggerschaufel und lud eine Handvoll Kieselsteine, die er an Natus Fenster katapultierte. Sofort ging das Licht wieder an und das Fenster öffnete sich erneut.

»Was hast du eigentlich für ein Problem?«, brüllte Natu. Jetzt war er richtig wütend. »Wenn ich wegen dir Hausarrest bekomme, kannst du was erleben! Es war so schon schwierig genug, meiner Mutter zu erklären, warum ich doch nicht bei Atento übernachte!«

Plötzlich ging einen Stock tiefer das Licht an. Kabuki erschrak und hechtete sofort hinter einen Busch. Natu schloss sein Fenster und löschte das Licht.

Kabuki hörte, wie sich das quietschende Fenster des Schlafzimmers von Natus Eltern öffnete. Er legte sich ganz flach auf den Boden. Sein Puls schlug schneller. Kabuki linste hinter dem Busch hervor, konnte aber nicht sehen, wer dort stand. Aber er spürte den Blick von Natus Mutter, der die Umgebung scannte. Jede kleinste Bewegung wäre ein Alarmsignal. Kabuki fühlte sich wie ein Verbrecher, der aus einem Hochsicherheitsgefängnis abhauen wollte.

»Hallo? Ist da jemand?«, rief Natus Mutter. Angst schien sie nicht zu haben.

»Respekt«, dachte Kabuki, immerhin könnten es ja auch ein paar gewalttätige Betrunkene sein, die hier so einen Krach machten.

Kurz darauf ging die Gartenbeleuchtung an. Farbige Lampions auf der Terrasse, die an eine Sommerparty erinnerten, und Scheinwerfer, welche die kunstvolle Skulptur beleuchteten. Natus Mutter stand in der Terrassentür und betrachtete den Garten.

Kabuki robbte noch etwas dichter hinter den Busch. »Bitte lieber Gott, mach, dass sie weggeht«, wisperte er.

Sein Stoßgebet zeigte Wirkung. Das Licht im Garten ging aus und Natus Mutter verschwand wieder. Kurz darauf wurde es auch im Schlafzimmer wieder dunkel.

»Danke«, sagte Kabuki lautlos und blickte in den schwarzen Nachthimmel.

Er blieb noch ein Weilchen dort liegen. Wenn er jetzt gleich wieder Kieselsteine warf, würde das Natus Mutter noch mehr verärgern. Er wartete ein paar Minuten und hoffte, dass sie in dieser Zeit wieder einschlafen würde.

Dann kroch er aus seinem Versteck und schleuderte erneut ein paar kleine Steine an Natus Scheiben. Das Licht ging nicht mehr an, aber Natu öffnete das Fenster.

»Bist du immer noch da?«, rief er jetzt deutlich leiser. »Hau ab! Siehst du was passiert, wenn du so einen Lärm machst?«

»Ich müsste nicht so laut sein, wenn du mir endlich mal zuhören würdest«, sagte Kabuki ohne Wut in der Stimme. Er bat eher darum. »Gib mir nur eine Minute, okay?«

Natu blickte auf seine Armbanduhr und aktivierte, ohne etwas zu sagen, die Stoppuhr. Die Zeit lief, deshalb erklärte Kabuki hastig: »Die Drachenflüsterer haben den Cache noch nicht geloggt, obwohl sie es schon lange hätten tun können. Deshalb haben wir noch eine Chance, das Geheimnis der sieben Siegel zu lüften. Und ich glaube nicht, dass Nova uns verraten hat.«

»Noch vierzig Sekunden«, kommentierte Natu völlig unbeeindruckt.

Kabuki versuchte alle Argumente aufzuzählen, die ihm in den Sinn kamen. Doch als die Zeit abgelaufen war, kam von Natu nur ein schnippisches »War's das?«

Aber Kabuki wollte nicht aufgeben. Seine Locken klebten ihm im Gesicht und er war durchnässt bis auf die Unterhosen. Flehend sah er Natu an. So vor seinem besten Freund zu stehen, war nicht gerade angenehm.

»Natu«, sagte er ernst. »Noch niemals zuvor habe ich dich so sehr gebraucht wie jetzt. Wir dürfen nicht aufgeben, sonst war alles umsonst. Wir müssen weitermachen.«

»Ich weiß«, gab ihm Natu recht. Kabuki blickte überrascht zu ihm hoch. Natu fuhr fort: »Aber das heute, das war einfach zu viel. Wir sind noch nicht auf diesem Level.«

»Doch, das sind wir! Das habe ich heute gemerkt. Ihr habt mich immer mitgezogen, auch wenn ich ans Aufgeben gedacht habe. Aber jetzt machst du denselben Fehler. Wir kennen uns seit dem Kindergarten. Wir sind immer durch dick und dünn gegangen. Und das wird auch weiterhin so bleiben.«

Kabuki merkte, dass Natu nicht wusste, was er darauf sagen sollte. Das gab ihm Hoffnung.

»Wir sind beste Freunde und das kann niemand ändern«, schob er hinterher. »Nicht einmal ein Mädchen.«

Natu blickte auf. »Meinst du das ernst?«

»Klar«, grinste Kabuki. »Ein Mädchen kann doch keinen besten Freund ersetzen. Das ist was ganz anderes.«

Natu nickte ihm zu. »Aber auch wenn ich mitkommen will. Es geht nicht! Wenn ich jetzt ausbüxe, kriege ich lebenslänglich Hausarrest.«

»Dann sitzen wir ihn eben gemeinsam ab!«, rief Kabuki aus. »Dafür sind beste Freunde doch da. So haben wir immerhin noch je ein halbes Leben vor uns.«

Natu grinste. Kabuki hatte es geschafft. Er wartete, bis sein bester Freund mit seinem Rucksack aus der Haustür schlich. Es war nicht das erste Mal, dass Natu ausbüxte. Aber es war das erste Mal in der Nacht und das erste Mal bei Sturm. Und das waren zwei fette Punkte, die für eine Verurteilung durch seine Mutter sprachen.

»So, und jetzt holen wir die anderen.« Kabuki klopfte Natu auf die Schulter und sie klatschten sich ab. Gemeinsam fuhren sie davon, um die Cache Hunters nochmals zusammenzutrommeln.

Wieder im Rennen

Der gigantische Drachenkopf war in der Nacht noch viel unheimlicher als tagsüber, vor allem der Schlund, der den Eingang zum Schrottplatz bildete, der Festung der Drachenflüsterer. Kabuki und Natu hatten Nova und Atento überreden können, mitzukommen. Die beiden hatten ihre Handys zum Glück nicht ausgestellt und waren nach mehrmaligem Klingeln mit verschlafener Stimme drangegangen.

Gerade Atento brauchten sie. Weil er früher zu den Drachenflüsterern gehört hatte, kannte er ihr Versteck. Er wusste, wo sie so etwas Wertvolles wie den Cache mit dem fünften Siegel aufbewahren würden. Und er kannte die Notausgänge, falls es brenzlig würde.

Natu hatte sich bei Nova entschuldigt, dass er sie von Anfang an verdächtigt hatte. Auch Kabuki hatte sie um Verzeihung gebeten. Obwohl Nova bei Natu noch nicht davon überzeugt war, dass er es ernst meinte, kam sie mit. Auch ihr waren die sieben Siegel zu wichtig um aufzugeben.

Kabuki war stolz auf sich. Er hatte es geschafft, seine Freunde, seine Bande, wieder zusammenzutrommeln. Jetzt würden sie noch einmal kämpfen, um dann das Finale der sieben Siegel zu feiern. Er konnte es kaum erwarten!

Aber vorher stand die bisher schwierigste Aufgabe bevor: den Cache aus der Hochsicherheitsburg der Drachenflüsterer zu holen. Der Schrottplatz war kein normaler Schrottplatz. Er war gespickt mit vielen hinterlistigen Fallen. Er war so konzipiert, dass niemand einfach so einbrechen konnte. Und genau deshalb brauchten sie Atento.

»Wir gehen nicht über den Kopf rein. Wir verschaffen uns über den Schwanz des Drachen Zugang zur Festung«, bestimmte Atento. Er stellte sein Fahrrad ab und forderte die anderen auf, es ihm gleichzutun. Das Versteck schien leer zu sein. Alles war dunkel. Keine Stimmen waren zu hören.

Kabuki marschierte mit den Cache Hunters an dem eingezäunten Schrottplatz entlang. Oberhalb des Zauns war Stacheldraht angebracht. Das war noch von früher so, als es ein echter Schrottplatz gewesen war, bevor er zu einem Abenteuerspielplatz mutiert war und nun wieder als eine Art ausgeflippter Schrottplatz diente.

Der Drache zog sich quer über den Platz. Der Rücken des Drachen bildete eine Brücke, die über den Zaun und den Stacheldraht hinausragte. In der Nähe des Drachenschwanzes stand eine Blechpuppe, die wie eine Vogelscheuche aussah. Atento entfernte sie und erklärte: »Die versperrt die einzige Lücke. Aber passt auf, der Zaun ist hier ausgefranst und kann ziemlich kratzen.«

Tatsächlich, im Schein der Taschenlampe sahen sie eine kleine Lücke im Zaun! Natu machte den Anfang. Er schob zuerst seinen Rucksack durch den Spalt, dann legte er sich flach auf den Bauch und robbte unter dem Zaun hindurch. Da er eine Regenjacke und Regenhosen trug, war das für ihn überhaupt kein Problem. Die anderen folgten ihm und wurden deutlich nässer.

Es war stockfinster. Der Regen verwandelte den Boden in einen kleinen Sumpf, durch den sie jetzt stapften. Von vorne waren alle vier komplett mit Schlamm beschmiert. Kabuki grinste, als er an sich und den anderen hinuntersah.

Dann wandte er sich den selbstgebauten Blechhütten zu. Es waren coole Unterkünfte aus allerhand Schrott, die Nester der Drachenflüsterer. Dazwischen gab es viele unheimliche Figuren, die sie anzustarren schienen. Vogelscheuchen aus Metall, fiese Fratzen, die einem jetzt im Dunkeln das Blut in den Adern gefrieren ließen.

»Lasst uns den Cache finden und so schnell wie möglich wieder abhauen«, flüsterte Kabuki mit zitternder Stimme.

Sie gingen auf die Mitte des Schrottplatzes zu. Atento zeigte auf den Bulli T1 und fragte: »Seht ihr die kleine Klappe da hinten? Dort im Kofferraum bewahrte Lax immer die wertvollen Schätze auf.«

»Das heißt, unser Cache muss auch dort sein!«

»Ja. Außer er hat ihn mit nach Hause genommen.«

»Das werden wir gleich herausfinden. Wenn er dort versteckt ist, dann finde ich ihn.« Kabuki näherte sich dem Bulli und öffnete die quietschende Klappe des Kofferraums. Tatsächlich! Da lag die Plastikdose, die seine Freunde vor ein paar Stunden in der Ruine gefunden hatten. Er nahm sie aus dem Kofferraum. Sie hatten es geschafft!

Plötzlich blendeten Scheinwerfer auf, die am Zaun rund um den Schrottplatz herum angebracht waren.

»Verflixt! Das ist eine Falle! Lauft!«, schrie Kabuki. Doch es war zu spät.

Die Drachenflüsterer krochen aus ihren Verstecken. Duracell und Nemirna kamen hinter Schrottautos hervor und Flury sprang vom Dach einer Blechhütte. Lax hatte sich im Bulli versteckt und packte Kabuki an seinen Haaren.

Die anderen Cache Hunters bekamen das gar nicht mit und versuchten zu entkommen. Aber plötzlich schnellten Gitterwände aus dem Boden hervor, sodass die Gruppe getrennt wurde.

Als sich Kabuki von Lax lösen konnte und kurz Zeit hatte, sich umzusehen, bemerkte er, was die Gitter bewirkten. Seine Freunde waren von ihm abgetrennt. Kabuki war in der

Mitte gefangen. Lax und Flury waren bei ihm und Nemirna und Duracell steuerten mit Kurbeln die Gitterwände.

Nun wurde es still. Die anderen Cache Hunters realisierten, dass Kabuki gefangen war. Diese Falle hatte selbst Atento nicht gekannt. Ratlos schüttelte er den Kopf.

Ein gemeines Lachen durchbrach die Stille. »Sieh an, sieh an.« Lax ging mit wippenden Schritten auf Kabuki zu. »Der Held, der noch einmal die Welt retten will.« Er legte seinen Arm auf Kabukis Schulter.

Angewidert schob Kabuki Lax' Arm beiseite. »Ich bin kein Held!«, sagte er mutig, obwohl seine Beine sich gerade anfühlten, als wären sie aus Gummi. Seine Knie schlotterten, aber er versuchte, sich zu beherrschen.

»Nein, das bist du nicht«, antwortete Lax abschätzig. »Aber du würdest gern einer sein. Einer, der sich doch noch in letzter Sekunde vor den bösen Drachenflüsterern retten kann.«

Die Drachenflüsterer lachten mit und das spornte Lax noch mehr an.

»Lass ihn in Ruhe!«, schrie Nova und schlug an das Gitter.

Die anderen Cache Hunters hätten ohne Probleme den Schrottplatz verlassen können. Aber was sie nicht konnten, war in die Mitte durchzudringen, dorthin wo Kabuki gefangen war. Keiner von ihnen dachte daran wegzurennen. Sie würden ihren Freund nicht im Stich lassen.

»Ah ... Unser Spitzel hat sich also auch getraut, zu uns zu kommen«, grinste Lax.

»Ich bin nicht euer Spitzel! Ich gehöre nicht zu den Drachenflüsterern!«, verteidigte sich Nova mit einem hilflosen Blick.

»Nein. Du nicht«, bestätigte Lax.

Als er das sagte, fiel Kabuki ein Stein vom Herzen. Sie war also doch keine Verräterin. Er hatte es gewusst!

»Aber dein Bruder.« Lax nickte anerkennend zu Flury. »Und der hat dich benutzt, weil er endlich einmal besser sein wollte als du. Und das hat er geschafft.« Lax ließ sich die Worte wie Schokolade auf der Zunge zergehen. Er genoss diesen Augenblick wie ein Star auf dem roten Teppich.

Nova brachte kein Wort heraus. Tränen kullerten über ihre Wangen. Ihre Lippen zitterten. Sie versuchte, dagegen anzukämpfen, aber die Enttäuschung stand ihr ins Gesicht geschrieben.

»Schön, dass ihr alle gekommen seid.« Lax wandte sich nun allen zu und sprach wie der Gastgeber einer Party. »Zur großen Abrechnung. Zum Finale meiner Rache. Heute wird sich zeigen, wie stark dieser kleine Wurm wirklich ist.«

Flury stelle sich hinter Kabuki und kickte in seine Kniekehle. Kabuki sackte mit einem lauten Schrei sofort auf die Knie, begleitet von Lax' Lachen.

»Was tust du da?«, schluchzte Nova und schlug verzweifelt gegen das Gitter.

»Lax! Dafür wirst du bezahlen!«, brüllte Natu wütend.

»Hörst du das? Deine Freunde wollen dir helfen, aber sie können nicht«, flüsterte Lax Kabuki zu.

Mühsam raffte sich Kabuki auf. »Wenigstens habe ich Freunde, die zu mir halten. Freunde, denen ich kein Geld oder leere Versprechungen geben muss, damit sie zu mir stehen.«

Kabuki hatte einen wunden Punkt getroffen. Das merkte er, als Flury ihn packte und Lax erneut in seinen Magen boxte. Kabuki schrie auf und hustete. Der Schmerz von den Schlägen in der Ruine war noch nicht weg und jetzt kam ein neuer dazu.

»Aufhören!« Atento versuchte, die Gitterwand niederzudrücken. Er hatte keine Chance.

»Wieso regt ihr euch so auf? Ich könnte noch lange so weitermachen«, lachte Lax und schlug erneut zu.

Flury zuckte zusammen, als Kabuki wieder auf den Boden fiel und dort liegen blieb. Er wollte ihm auf die Beine helfen, aber Lax schob ihn beiseite.

Lax drehte Kabuki mit dem Fuß auf den Rücken. »So, und jetzt werde ich dir eine verpassen, die du noch jahrelang spüren wirst, du kleiner, dreckiger Wurm. Und dann zeigst du mir, wo ich den letzten Cache der sieben Siegel finde.«

»Nein!« Novas Schreie wurden immer lauter. Sie wandte sich den anderen Cache Hunters zu. »Wir müssen ihm doch irgendwie helfen!«

Flury blickte zu seiner Schwester. Ihr verweintes Gesicht schien ihm ins Gewissen zu reden.

»Ist es das, was du wolltest?«, fragte sie ihren Bruder mit zitternder Stimme. »Ist das der Preis, den du zahlst, um bei den Drachenflüsterern dabei zu sein«

Lax holte mit seiner Faust aus, um Kabuki die letzte große Abreibung zu verpassen. Gerade als er zuschlagen wollte, ging Flury dazwischen. Er hielt Lax' Faust fest und krümmte ihm seinen Arm, sodass er vor Schmerz aufschrie.

»Haut ab, solange ihr noch könnt!«, rief Flury den Cache Hunters zu.

»Wie denn? Ich bin hier gefangen!« Kabuki schaute sich verzweifelt um.

»Durch das Rohr da hinten!«, rief Flury. Dann wurde er von Lax auf den Boden geworfen.

»Worauf wartet ihr? Holt sie euch!«, schrie Lax und bäumte sich auf. Nemirna sorgte dafür, dass die Gitterwände wieder verschwanden. Die Cache Hunters liefen in unterschiedliche Richtungen davon.

Lax packte Flury und boxte auf ihn ein.

Kabuki zögerte. Sollte er ihm helfen?

»Lauf«, rief ihm Flury zu.

Duracell kam in Kabukis Richtung. Kabuki konnte es auf keinen Fall mit Duracell und Lax aufnehmen. Er schnappte sich die Plastikdose und floh zum Rohr, eine rostige Röhre, die aus dem Schrottplatz hinausführte. Als er einen Blick hineinwarf, bemerkte er, wie eng es war und es schnürte ihm beinahe die Kehle zu. Er dachte zurück an den Kanal. Dann sah er angewidert, dass über die gesamte Länge Spinnennetze klebten und irgendwelche Krabbeltiere auf dem Boden umherirrten.

Komm schon, du schaffst das. Das letzte Mal hast du es auch geschafft.

Kabuki versuchte, sich selbst zu motivieren, als er hörte, wie Lax im Hintergrund schrie: »Lasst sie nicht entkommen!«

Er war überaus wütend und in diesem Zustand wahrscheinlich zu allem fähig. Wenn Kabuki ihm jetzt in die Finger kam, wäre es um ihn geschehen.

»Na warte, du Opfer!« Wie aus dem Nichts tauchte Duracell auf und rief: »Mit dir habe ich sowieso noch ein Hühnchen zu rupfen.«

»Ach ja? Dann musst du mich aber zuerst kriegen!«, rief Kabuki und sprang in das Rohr. Etwas krabbelte über seine Hand. Kabuki kreischte und robbte so schnell wie noch niemals zuvor in seinem Leben.

Seine Kehle wollte sich zuziehen, sodass er keine Luft mehr bekam, doch er ließ es nicht zu. Er atmete tief und holte die schönen Erinnerungen in sein Gedächtnis. Die Erinnerung an den Zoo, das Baumhaus und an den See, wo sie gemeinsam geplanscht und Spaß gehabt hatten. Das war die Kraft, von der Kabuki zehrte. Das war der Motor, der ihn antrieb, sein Ziel zu erreichen: das Geheimnis der sieben Siegel zu lüften, gemeinsam mit seinen Freunden. Plötzlich waren die Krabbeltiere für ihn keine Gefahr mehr. Ihn interessierten die Spinnennetze nicht mehr. Er spürte, wie Luft seine Lungen füllte. Diesmal war er der Held. Der Held, der die Plastikdose aus der Festung der Drachenflüsterer zurückholte. Erst als er aus dem rostigen Rohr kroch, wurde ihm richtig bewusst, dass er es tatsächlich geschafft hatte.

Bevor ihn Duracell einholen konnte, rannte er zu seinem Fahrrad und radelte in Sicherheit. Die Schreie der Drachen-flüsterer verhallten, je weiter er fuhr.

Er hoffte sehr, dass seine Freunde in Sicherheit waren. In all der Hektik hatte er die anderen Cache Hunters aus den Augen verloren. Sie hatten sich verteilt und waren einzeln vom Schrottplatz geflohen. Er hoffte auch, dass Flury das Ganze heil überstand. Er wünschte es sich – vor allem für Nova.

Das siebte Siegel

Kabuki wartete im Baumhaus auf seine Freunde. Die Ko-ordinaten des Cache hatten ihn wieder zur Arche geführt. Er hoffte, dass er alles richtig eingetippt hatte. Sonst war das immer Natus Job.

Kabuki hatte an allen vier Lianen von der Mitte aus gleichzeitig gezogen. Das war nicht ganz einfach gewesen, aber er hatte es geschafft. So konnte man die Strickleiter zum Baumhaus auch alleine hinunterlassen, man musste nur aufpassen, dass sie einen nicht traf. Als er die Luke geschlossen und von innen her gesichert hatte, sodass man das Baumhaus von außen nicht öffnen konnte, informierte er die anderen Cache Hunters über den Chat, wo er auf sie wartete. Aber bisher hatte er keine Antwort bekommen.

Die Minuten verrannen. Kabuki sah aus dem Fenster. In der Zwischenzeit hatte es aufgehört zu regnen und sogar der Mond blinzelte hinter den Wolken hervor. Endlich hörte er, wie sich jemand durch das Gebüsch schlug. An den Stimmen erkannte er seine Freunde. Die Cache Hunters trudelten alle gemeinsam ein.

»Schnell! Lass uns rein!«, rief Natu hektisch nach oben.

Kabuki entsicherte die Leiter und ließ seine Freunde in die Arche.

»Und jetzt schnell wieder zumachen«, befahl Nova, die als Letzte die Luke passierte. »Die Drachenflüsterer waren dicht hinter uns. Bestimmt haben sie gemerkt, dass wir zur Arche wollen.«

Kabuki blickte erneut durchs Fenster nach unten. Da tauch-

ten Lax und seine Gang aus den Büschen auf. Sie zogen an den Lianen, doch die Luke blieb zu und die Strickleiter aufgerollt. Flury war nicht dabei, dafür war Lax umso aggressiver.

»Na? Wie fühlt es sich an, plötzlich auf der Loser-Seite zu stehen?«, foppte Kabuki.

»Das ist wie bei der echten Geschichte von Noahs Arche«, meinte Nova zu den anderen. »Die Menschen, die Noah und seine Familie auslachten, zogen am Schluss den Kürzeren und durften nicht mit aufs Schiff. Stattdessen ertranken sie.«

»Ganz genau!«, gab Atento ihr recht. »Und die Drachenflüsterer ertrinken jetzt in ihrem eigenen Hass. Das haben sie verdient!«

»Wartet nur, bis ihr da rauskommen müsst, um zur nächsten Station zu gelangen. Wir warten hier auf euch.« Da war wieder das finstere Lachen von Lax.

Kabuki und die Cache Hunters kümmerten sich nicht weiter um die Drachenflüsterer. Sie konzentrierten sich auf die nächste Aufgabe. Natu legte seine Taschenlampen in die Ecken des Baumhauses, um es zu beleuchten.

»Hier, das war in der Dose.« Kabuki legte zwei Batterien auf den Tisch. »Keine Ahnung, was ich damit anfangen soll. Aber die Koordinaten führten zur Arche.«

Natu überprüfte die Koordinaten. »Das stimmt. Gute Arbeit.«

Kabuki war stolz, dass er den Weg alleine gefunden hatte. »Am besten schauen wir überall nach, ob wir etwas finden, das Batterien braucht.«

»Aber wir haben das Baumhaus doch schon abgesucht. Die meisten Schubladen sind leer.« Trotzdem fing Nova an, alles erneut zu begutachten.

Kabuki nahm den Schreibtisch unter die Lupe. Er schaute, ob der Globus irgendwie mit Batterien betrieben werden konnte. Atento stand mitten in der Arche und blickte von dort aus in Ruhe in jeden Winkel.

»Willst du uns nicht auch helfen?«, schlug Natu vor, der gerade die Couch kontrollierte.

»Manchmal braucht es etwas Abstand, um einen Hinweis zu entdecken. Wenn man alles immer aus der Nähe ansieht, wird man irgendwann blind. Dann fehlt der Blick fürs Ganze.« Atento schwenkte seinen Kopf langsam von der einen Seite des Raumes auf die andere.

Kabuki lachte und schüttelte seinen Kopf. »Ihr habt es gehört. Der große Rätselcrack hat gesprochen.«

Sie suchten weiter, während Atento murmelte: »Lass dich nicht hinters Licht führen.«

Bei dem Wort Licht fiel Kabuki eine Lampe an der Decke auf. »Sagt mal, haben wir eigentlich Strom in der Arche?«

»Strom in einem Baumhaus?«, witzelte Nova. »Hast du irgendwo eine Stromleitung gesehen, die zur Insel führt?«

Kabuki zeigte an die Decke. »Und weshalb hängt da eine Lampe?«

Atento schlug sich mit der flachen Hand auf die Stirn. »Das ist es! Kabuki! Du bist ein Genie.«

Er schraubte die Abdeckung der Lampe ab. Tatsächlich! Darunter war eine Halterung und die Batterien passten genau hinein. Kaum hatte Atento sie eingesetzt, erstrahlten Novas gestreiftes T-Shirt und Kabukis Schuhe in einem ultravioletten Licht.

Aber da war noch mehr. Das UV-Licht zeigte eine Landkarte auf dem hölzernen Boden der Arche. Sofort schoben die Cache Hunters die Stühle vor dem Tisch beiseite, um den Plan besser lesen zu können.

»Das ist eine Karte unserer Stadt«, erkannte Natu. »Hier ist der Schrottplatz, da die Drachenhöhle, der Wald ...«

»Und das ist der See«, sagte Nova begeistert und zeigte auf die Stelle neben dem Tischbein. »Und gleich daneben ist unsere Arche.«

»Mit einem fetten Kreuz darauf«, ergänzte Kabuki.

»Dann muss hier der Schatz versteckt sein«, sagte Atento freudig.

»Aber wir sind ja schon da.« Natu schaute sich im Baumhaus um. »Schon seit heute Nachmittag sind wir am Ziel und haben es nicht gemerkt.«

»Weil wir da die Karte noch nicht hatten.« Für Atento ergab plötzlich alles einen Sinn.

Nova schüttelte den Kopf. »Versteh ich nicht.«

»Ihr müsst dreidimensional denken«, erklärte Atento. »Die Koordinaten des Cache in der Ruine haben uns hierhergeführt. Dann haben wir«, er blickte zu Kabuki, »oder besser gesagt Kabuki, die Lampe gefunden, die uns die Karte zeigt. Diese wiederum offenbart, dass der Schatz im Baumhaus ist.«

»Na das haben wir doch gesagt«, wiederholte Natu.

»Ja, aber er ist eben nicht in diesem Baumhaus. Sondern in diesem!« Atento zeigte auf die eingekreiste Insel der ultravioletten Karte, direkt neben dem Tischbein.

»Natürlich!« Jetzt verstand Kabuki, was Atento meinte, und kniete an der eingekreisten Stelle. Als er mit der Hand über die Diele fuhr, spürte er, dass diese lockerer war als die anderen. Er drückte die eine Seite ein, sodass sich die andere etwas anhob. Kabuki entfernte die Diele und griff ins Loch. Eine Sekunde später zog er eine neue Plastikdose heraus.

Die Cache Hunters jubelten. »Wir haben das Rätsel gelöst!«

Kabuki öffnete die Plastikdose und entdeckte vier Travel-Bugs. Oben auf diesen Anhängern lag ein laminierter QR-Code. Kabuki scannte ihn und kurz darauf spielte sich ein neues Video ab.

Astra zeigte sich noch einmal. Sie kniete genau an der Stelle, an der Kabuki nun war. »Gratuliere, ihr habt es geschafft!«, sagte sie im Video. »Ihr habt das Geheimnis der sieben Siegel gelüftet. Die Jagd ist nun zu Ende.«

Kabuki blickte zu seinen Freunden. »Aber das war doch erst das sechste Siegel?«

Astra fuhr fort: »Ihr habt die Plastikdose gefunden. Sie ist das sechste Siegel. Aber darin ist zugleich das siebte. Gott erschuf die Welt in sechs Tagen. Doch am siebten Tag ruhte er. Und genau deshalb bekommt ihr das siebte Siegel, ohne dass ihr es suchen müsst. Nutzt diese Ruhe, feiert den Sieg. Ihr habt ihn euch verdient.«

»Party!«, schrie Kabuki, sodass die anderen Cache Hunters lachen mussten.

»Sogar am Schluss habt ihr euch nicht hinters Licht führen lassen«, sprach Astra im Video weiter. »Ihr habt durch die Aufgaben, die ihr gemeinsam gelöst habt, euren Teamgeist bewiesen. Ihr könnt echt stolz auf euch sein.«

Die vier Cache Hunters sahen einander strahlend und gleichzeitig verwundert an. Nach allem, was sie gemeinsam erlebt hatten, waren sie nun anscheinend am Ziel.

Astra sprach weiter. »Aber das war erst der Anfang einer langen Reise. Auch bei Noah endete die Geschichte nicht, als die Arche strandete und er die Tiere freiließ. Gott schickte einen Regenbogen als Symbol dafür, dass er nie wieder eine solche Flut schicken würde, egal wie schlecht die Menschen sein würden. Und das zählt bis heute. Diese vier Travel-Bugs in der Dose sind das siebte Siegel. Sie sind ein Symbol für das, was ihr seid. Bleibt weiterhin auf der Spur. Sie führt euch irgendwann zum größten Schatz der Welt.«

Die Begeisterung stand Kabuki ins Gesicht geschrieben. »Der größte Schatz der Welt«, hauchte er.

»Die Travel-Bugs sind der Schlüssel zu diesem Schatz. Haltet die Augen offen. Da draußen gibt es noch viele Geschichten und Abenteuer zu entdecken. Das Ende von Noahs Geschichte ist der Anfang einer neuen Geschichte. Eurer Geschichte.« Mit diesem Satz endete das Video.

Ehrfürchtig nahm Kabuki die vier Travel-Bugs aus dem Plastikbehälter. Er staunte, als er sah, was darauf eingraviert war.

»Da sind unsere Gesichter drauf«, sagte Natu begeistert und betrachtete die Prägung auf den Anhängern. »Und darunter stehen unsere Namen!«

Jeder einzelne Cache Hunter bekam einen Travel-Bug. Das war der Preis, der große Schatz. Das siebte Siegel entpuppte sich als persönlicher Anhänger. Normalerweise war ein Käfer auf einem Travel-Bug abgebildet. Der reisende Käfer, der von Cache zu Cache wandert, bis er seine Mission erfüllt hat. Die Mission, die der Owner, also der Eigentümer des Travel-Bugs, festlegt.

Doch anstatt des Käfers war hier das eingestanzte Porträt jedes einzelnen eingestanzt. Kabuki fuhr mit dem Finger darüber. Sein Bild auf einem Travel-Bug! Auf seinen Armen breitete sich eine Gänsehaut aus. Es war ein magischer Moment.

Die Cache Hunters hängten sich die Travel-Bugs um den Hals und jubelten. Sie umarmten sich alle vier gleichzeitig. Dann loggten sie den letzten Cache und schlossen damit die Jagd nach den sieben Siegeln ab.

Was aber noch viel wichtiger war: Sie besiegelten ihre Freundschaft erneut. Sie versprachen sich, dass sie weiterhin ein Team bleiben würden. Dass sie gemeinsam weitermachen würden, um zu entdecken, wohin die Travel-Bugs sie führen würden und für welchen Schatz sie die Schlüssel waren.

Kabuki wusste, dass dies mehr war, als ein einfaches Geocaching-Abenteuer. Es war der Anfang einer langen Reise. Einer Reise, die ihn vielleicht irgendwann in die Halle der Helden bringen würde, an den Ort, an dem sich die besten Geocacher aller Zeiten verewigen duften.

Es war kein Zufall, dass er Nova, Atento und Natu getroffen hatte, davon war Kabuki überzeugt. Es war Astra, die das Ganze eingefädelt hatte. Astra und ihre Cacher-Freunde. Auch wenn Kabuki nicht viel über ihr Geocaching-Leben wusste, hatte sie bestimmt etwas mit ihnen vor. Und die Jagd nach den sieben Siegeln war der erste Test. Und sie hatten ihn bestanden!

Vom einfachen traditionellen Cache über rätselhafte Multi-Caches und Mystery-Caches war alles dabei gewesen. Sogar einen Earth-Cache hatten sie gelöst. Kabuki hatte sich durch seine Freunde ein unglaubliches Wissen angeeignet, auf dem er jetzt aufbauen konnte.

Es schien ihm wie ein Traum, aber es war die Wirklichkeit. Den Geocaching-Anfänger gab es nicht mehr. Jetzt war er ein Level weiter. Mit diesem Abenteuer drang er eine Ebene tiefer in die Welt des Geocachings ein.

Jetzt war er ein echter Cache Hunter. Ein Cache Hunter mit der Mission, den größten Schatz der Welt zu finden. Gemeinsam mit seinen Freunden. Denn nur mit ihnen und mit den Schlüsseln, die um ihren Hals baumelten, würden sie es schaffen, den Schatz zu öffnen.

Der Schlüssel

Am nächsten Tag trafen sich die Cache Hunters am See. Kabuki hockte in seiner Badehose am Lagerfeuer und blickte starr auf seinen Travel-Bug, den er in der Hand drehte.

Die meisten Travel-Bugs sahen gleich aus, nur die Nummer war unterschiedlich. Wenn man sie im Smartphone eingab, offenbarte der Travel-Bug seine Mission. Alle Travel-Bugs hatten Missionen.

Doch dieser Anhänger war etwas ganz Besonderes. Er war persönlich auf Kabuki zugeschnitten und deshalb trug er ihn mit Stolz. Sein Foto und sein Name waren darauf abgebildet.

Seine Mission war es, das Schloss zu öffnen, für das er gemacht worden war. Der Travel-Bug war ein Schlüssel zum größten Schatz der Welt! Das hatte Astra im Video gesagt. Es war nur eine Frage der Zeit, bis Kabuki von dem passenden Schloss erfahren würde.

Aber eines war klar. Die Drachenflüsterer würden den Cache Hunters so schnell nicht mehr in die Quere kommen. Gestern hatten die Cache Hunters bewiesen, dass sie viel geschickter waren als die Drachenflüsterer.

Die Drachenflüsterer waren gestern irgendwann abgezogen, als sie bemerkt hatten, dass die Cache Hunters die Jagd nach den sieben Siegeln abgeschlossen hatten. Lax hatte ihre Accounts beobachtet und gesehen, wie das sechste und später das siebte Siegel darauf erschien. Aber die Ruhe vor den Drachenflüsterern würde bestimmt nicht ewig dauern. Davon war Kabuki überzeugt.

Kurz vor Sonnenaufgang waren die Cache Hunters nach

Hause gekommen und hatten erst einmal lange geschlafen. Dann hatte jeder damit zu tun gehabt, die Spuren ihres Abenteuers zu entfernen. Es hatte ewig gedauert, bis Kabukis Schlammklamotten wieder so aussahen, dass seine Mutter keine Fragen stellen würde. Heute war ein herrlicher, sonniger Tag, ideales Badewetter.

»Und? Was denkst du, wo führt er uns hin?«, fragte plötzlich Nova neben Kabuki.

»K-keine Ahnung«, stotterte er. Ihr Gesicht, ohne die Kapuze, lenkte ihn von dem Travel-Bug ab.

Sie schenkte ihm ein Lächeln. »Hast du das Poster wieder aufgehängt?«

»Woher weißt du davon?« Kabuki konnte sich nicht erinnern, jemals mit Nova über die Halle der Helden gesprochen zu haben.

»Natu hat mir davon erzählt. Und? Hast du es wieder aufgehängt oder nicht?«

Kabuki nickte. Es war ziemlich zerknittert, aber es hing wieder.

»Gut. Du musst an deinem Traum festhalten. Weil er dann irgendwann zu dir kommen wird.«

Kabuki zog die Augenbrauen hoch.

»Hat meine Mutter immer gesagt. Irgendwie hat mich das beruhigt.«

»Du vermisst sie, hm?«

Nova schaute betrübt zu Boden.

Kabuki wechselte das Thema. Er wollte den schönen Tag nicht zerstören. »Wie geht es deinem Bruder?«

»Er hat ein paar Schrammen und kann den rechten Arm kaum bewegen. Aber er wird schon wieder.«

»Lax ist ein Mistkerl«, zischte Kabuki wütend. Dann atmete er tief durch und sagte anerkennend: »War echt mutig von deinem Bruder, sich für mich einzusetzen. Ich weiß nicht, wie ich ihm danken soll.«

»Ich glaube, er wollte gar nie zu den Drachenflüsterern gehören. Er vermisste nur das Geocaching von früher, genauso wie ich.«

»Aber du hast jetzt uns«, lächelte Kabuki.

»Ja, und mein Bruder nicht. Vielleicht kann ich mal wieder mit ihm cachen, die Sommerferien sind ja noch lang.«

Kabuki nickte. Die Cache Hunters gehörten zusammen, aber das hieß nicht, dass sie jetzt immer alles gemeinsam machen mussten.

»Und du?« Kabuki deutete auf den Travel-Bug.

Nova verstand nicht.

»Wovon träumst du?«

Nova blickte auf den See hinaus. »Irgendwann werde ich auch so sein wie Astra«, sagte sie träumerisch. »Wenn du die Orte dieser Welt kennst, kannst du irgendwann die Geschichten weitererzählen, die du erlebt hast. All die Weisheiten, die du gelernt hast, und die Caches, die du entdeckt hast. All das kannst du neu aufbereiten, für neue Geocacher. Für solche, die gerade erst am Anfang stehen.«

»Du meinst, so wie wir?«

»Ja, ich bin sicher, das war noch nicht alles. Und wenn du ans Ziel kommst, dann kannst du dich eintragen.«

»In die Halle der Helden«, hauchte Kabuki ehrfürchtig.

»Ganz genau. Und dann wirst du selbst zum Spielemacher.«

»Hey! Was quatscht ihr da noch rum?« Atentos Worte durchbrachen die magische Stimmung. Er stand mit Natu am Ufer des Sees. »Kommt ihr auch ins Wasser oder braucht ihr eine Extraeinladung?«

»Lasst uns feiern! Das ist der schönste Tag in unserem Le-

ben! Wir haben das Geheimnis der sieben Siegel gelüftet!«
Natu jubelte und konnte es kaum erwarten, ins Wasser zu
springen.

»Wir kommen gleich«, rief ihnen Nova zu und drehte sich
wieder zum Lagerfeuer.

Natu zuckte mit den Schultern und sprang gemeinsam mit
Atento in den See.

Kabuki und Nova starrten in die lodernden Flammen. Plötzlich nahm Nova Kabukis Hand, ohne etwas zu sagen oder ihn
anzuschauen. Kabuki hätte vor Freude explodieren können,
aber er ließ es sich nicht anmerken. Er wünschte sich, dass
dieser Moment für immer so bleiben würde. Für immer und
ewig.

Doch dann riss ihm Nova den Travel-Bug aus den Händen.
Erschrocken drehte sich Kabuki zu ihr um, als sie bereits auf
dem Weg in Richtung See war.

»Fang mich doch, du lahme Ente«, foppte sie ihn und hängte sich Kabukis Anhänger um den Hals. »Sonst finde ich den
größten Schatz der Welt, bevor du Hobbycacher buchstabieren kannst.«

Kabuki biss die Zähne zusammen. »Ich bin kein Hobbycacher mehr!«, rief er. Er stand auf und eilte Nova hinterher.
»Wir sind jetzt ein Team! Und so muss es bleiben! Hast du gehört?«

Nova sprang in den See und gesellte sich zu Atento und
Natu.

Ohne zu zögern platschte auch Kabuki ins kühle Nass und
holte sich seinen Anhänger zurück. Sie lachten, planschten
und feierten ihren Sieg.

Bald würde ein neues Abenteuer auf sie warten.

Begriffserklärungen

Geocaching ist eine elektronische Schatzsuche, ähnlich wie eine Schnitzeljagd. Anstelle der Hinweise werden Koordinaten im Internet veröffentlicht. Mit diesen kann man den Geocache oder kurz Cache finden. Die meisten Fachbegriffe im Geocaching kommen aus dem Englischen. Auf der Webseite www.linguee.de/deutsch-englisch/ kannst du dir anhören, wie diese Wörter ausgesprochen werden.

Cache, Caches
Kurz für *Geocache*.

cachen
Kurz für *geocachen*.

First to find
Als *First to find* (»Erster, der findet«) wird ein *Geocache* bezeichnet, der noch nie von jemand anderem gefunden wurde. Der erste *Geocacher*, der sich im Logbuch einträgt, ist der Erstfinder.

geloggt
Siehe *loggen*.

Geocache, Geocaches
Geocache setzt sich aus den Wörtern Geo (Griechisch: »Erde«) und Cache (Englisch: »Versteck«) zusammen. Beim Geocaching ist damit aber der versteckte Behälter gemeint, den

man mit den richtigen Koordinaten und einem GPS-Gerät, Smartphone oder einer genauen Landkarte findet. In diesem Behälter ist der »Schatz«. Das können *Geocoins, Travel-Bugs* oder kleine Geschenke sein.

geocachen

Geocachen ist das deutsche Verb zu Geocaching, es bedeutet: *Geocaches* suchen.

Geocacher

Geocacher nennt man die Personen, die *Geocaches* suchen.

Geocoin, Geocoins

Ein *Geocoin* (»Geo-Münze«) ist eine Art Medaille oder Münze, die in einem *Geocache* versteckt ist. Man kann sie mitnehmen, online loggen und danach in einem anderen *Cache* deponieren. Sie werden auch als Trophäen bezeichnet.

History

Die History (»Geschichte«) ist das Tagebuch der *Geocacher*. Dort kann man online sehen, wer welchen Cache wann gefunden hat und was er dazu geschrieben hat. Die History zeigt auch, wie viele *Travel-Bugs* der Geocacher besitzt und welche Arten von *Caches* er schon am häufigsten gefunden hat.

Logbuch, Logbücher

In jedem *Geocache* ist ein *Logbuch*, eine Art Protokoll oder Gästebuch. Das kann ein kleiner, zusammengerollter Zettel oder ein Notizbuch sein. Im Logbuch tragen sich die *Geocacher* ein, die den *Cache* gefunden haben. Der Fund wird zusätzlich online *geloggt*, also eingetragen.

loggen

Loggen (abgeleitet von Logbuch) nennt man das Eintragen ins *Logbuch,* online und auch beim *Cache* vor Ort. Auch *Travel-Bugs* und *Geocoins* kann man loggen.

Logical

Ein *Logical* ist ein Logikrätsel. In der Beschreibung des Rätsels gibt es verschiedene Vorgaben und man bekommt ein paar Hinweise. Mit diesen Hinweisen muss man herausfinden, welche Angaben zusammenpassen. Ziel ist es, alle Angaben richtig zu verbinden, ohne dass sie widersprüchlich sind. Die Lösung des Rätsels wird meist in einer Tabelle dargestellt.

Muggel

Muggel sind Personen, die nicht wissen, was Geocaching ist. Deshalb ist es wichtig, dass sich *Geocacher* beim Suchen möglichst unauffällig verhalten. Wenn Muggel zufällig einen *Geocache* entdecken, könnten sie den Behälter mit nach Hause nehmen und das wäre gegen die Regel. Der Begriff Muggel kommt ursprünglich aus den Harry-Potter-Büchern.

Owner

Owner (»Eigentümer«) nennt man die Person, die den *Cache* versteckt hat und ihn wartet, das heißt, sie schaut immer mal wieder danach, ob der *Cache* noch da ist, das *Logbuch* erneuert werden muss und so weiter.

Sissicacher

Das sind *Geocacher,* die sich in der Natur nicht schmutzig machen möchten. Von echten Geocachern werden sie nicht ernst genommen.

Travel-Bug, Travel-Bugs

Der *Travel-Bug* (»Reise-Käfer«) ist ein Anhänger, auf dem meist ein Käfer und eine Nummer abgebildet sind. Mit der Nummer kann man online nachschauen, welchen Auftrag der Travel-Bug hat. Ein Auftrag könnte sein, dass er in jedem Land Europas gewesen ist. Travel-Bugs kann man mitnehmen, loggen, den Auftrag lösen oder dazu beitragen, dass er gelöst wird, und sie dann in einem anderen *Cache* deponieren. Man könnte zum Beispiel zur Reise durch Europa beitragen, indem man den Travel-Bug in einem anderen Land in einem neuen *Cache* deponiert.

Wissenswertes

Cache-Arten

Earth-Cache

Ein *Earth-Cache* (»Erdcache«) soll dem Geocacher etwas über die Erde und die Natur beibringen, zum Beispiel über Gesteine, Flüsse, Seen, Sterne etc. Meistens müssen vor Ort Fragen beantwortet werden. Um den Cache zu loggen, muss man die Antworten an den Owner (»Eigentümer«) schicken.

Multi-Cache

Ein *Multi-Cache* geht über mehrere Stationen. Die Anfangskoordinaten führen zu einem neuen Ort, wo man die nächsten Koordinaten findet. Das geht so weiter, bis man zum Ort mit dem Behälter kommt. Die Koordinaten müssen manchmal auch durch Rätsel oder Aufgaben vor Ort bestimmt werden.

Mystery-Cache

Bei einem *Mystery-Cache* (»Rätselcache«) muss man ein Rätsel lösen. Das Rätsel wird meist vor der Suche gelöst, um die Koordinaten zu erhalten. Von Zahlenrätseln über Kreuzworträtsel bis zu Sudokus ist alles dabei.

Nachtcache

Dieser Cache kann nur im Dunkeln gefunden werden. Wie ein *Nachtcache* aussehen kann, erfahrt ihr in der Geschichte.

Traditional Cache

Traditionelle Caches gibt es heute praktisch überall. Die Koordinaten führen direkt zum Behälter. Meistens ist der Behälter gut getarnt, sodass man ihn nicht leicht finden kann.

Naturschutzgebiet

In *Naturschutzgebieten* darf man die Wege nicht verlassen, um Tiere und Pflanzen nicht zu stören. Geocaches sind in Naturschutzgebieten immer auf den Wegen versteckt. Außerdem darf innerhalb eines Naturschutzgebietes kein Feuer gemacht werden. Wenn du ein Feuer im Wald machen möchtest, nutze die festinstallierten Feuerstellen und lasse dich von deinen Eltern oder einer erwachsenen Person anleiten. Ein Feuer darf nie unbeaufsichtigt verlassen werden.

Auch du kannst ein Geocacher werden!

Du möchtest selbst einmal auf Geocaching-Schatzsuche gehen? Geocaching ist ein spannendes Hobby und ein Abenteuer für die ganze Familie.

Das brauchst du:
- GPS-Gerät oder Smartphone
- Kugelschreiber oder Bleistift. Wenn du keinen Stift dabei hast, kannst du dich nicht im Logbuch eintragen.
- Koordinaten für einen Cache, diese findest du im Internet auf: www.geocaching.com
- Je nach Cache-Art ein kleines Geschenk, das du im Behälter deponieren kannst, nachdem du dir etwas daraus genommen hast. Zum Beispiel Aufkleber, Gummibälle oder kleine Schlüsselanhänger, selbst gebastelte Armbänder ... Aber bitte keine Süßigkeiten oder andere Lebensmittel!
- Je nach Cache brauchst du zum Beispiel auch eine Pinzette, eine Taschenlampe oder Notizpapier. Beachte die Eigenschaften, die bei den einzelnen Geocaches angegeben sind.

Das solltest du beachten:
Geh nicht alleine in den Wald oder in die Berge. Wenn du dich verletzt, kann niemand Hilfe holen.

Weitere Tipps und das Geocaching-Einmaleins, also eine

genaue Anleitung zum Geocachen, findest du im Internet auf:
www.geocaching.com/guide

Du willst noch mehr wissen?

Auf ihrer Website www.cache-hunters.com zeigen dir die echten Cache Hunters, was du zum Geocachen brauchst und wie du einen Cache finden kannst. Dort gibt es auch Videos, in denen die Cache Hunters selbst auf Schatzsuche gehen.

Werde ein Teil der größten Schatzsuche der Welt!

Danksagungen

Ein ganz besonderer Dank gilt Marianne und Renato, meinen Eltern, die mich immer unterstützt haben, damit ich meine Ideen zum Leben erwecken konnte.

Ich bedanke mich bei den echten Cache Hunters, die mich Schritt für Schritt auf diesem Abenteuer begleitet haben: Florian Eisenhart, Jan Gysel, Selma Fivian und Nahuel Wegmann.

Großer Dank gilt auch den echten Drachenflüsterern, die in Wirklichkeit natürlich nicht so fies sind: Timo Schmidt, Linus Fivian, Lukas Junod und Debora Junod.

Ein ganz großes Dankeschön geht an meine Frau Jenny und meinen Sohn Jeremy, die auf mich verzichten mussten, während ich in der Welt der Cache Hunters war, und die das Unmögliche möglich gemacht haben.

Ein herzliches Danke allen Testlesern, die mit mir auf dem Weg waren und die Cache Hunters zu dem gemacht haben, was sie heute sind.

Marco Rota, geboren 1987, schrieb mit 16 Jahren sein erstes Kinderbuch. Er studierte Theologie und arbeitete als Jugendpfarrer. Später wurde er Chefredakteur einer Kinderzeitschrift und studierte Journalismus. Heute ist er Redakteur bei Radio Life Channel, schreibt Kinderbücher und produziert Geschichten für Zeitschriften, Theater und Videos. Mit seiner Familie lebt er in der Schweiz, in der Region Zürich.

Website des Autors:
www.marco-rota.com

Christian Mörken
DAS WEISSE Z UND EIN SCHLOSS VOLLER LÜGEN

Der erste Band einer spannenden Abenteuerreihe für Kinder ab 10 Jahren! Ein Fremder im Garten, eine unheimliche Haushälterin, eine rätselhafte Botschaft … Irgendwas stimmt nicht in Dösterfelde. Kaum ist Zorro von der Großstadt aufs Land gezogen, geschehen lauter seltsame Dinge, die sein Leben auf den Kopf stellen. Es scheint, als wollte jemand Zorro in die Irre führen. Aber warum? Wem kann er überhaupt noch trauen? Vor lauter Angst trifft Zorro eine folgenschwere Entscheidung und begibt sich damit in Lebensgefahr!

Gebunden, 13,5 x 20,5 cm, 224 S.
ISBN: 978-3-417-28660-1

Christian Mörken
DAS WEISSE Z UND DIE VERSCHOLLENEN JUWELEN

Kaum haben Zorro und seine Freunde ihr erstes Abenteuer überstanden, erhalten sie mysteriöse Hinweise auf gestohlene Kunstwerke.

Gebunden, 13,5 x 20,5 cm, 208 S.
ISBN: 978-3-417-28661-8

Christian Mörken
DAS WEISSE Z UND DIE FLUCHT DURCHS GEBIRGE

Der dritte Teil der beliebten Detektiv-Reihe für Kinder ab 10 Jahren! Der zwielichtige Graf Döster-Waldberten lädt Zorro und „Das weiße Z" in seine Kurklinik in der Schweiz ein.

Gebunden, 13,5 x 20,5 cm, 208 S.
ISBN: 978-3-417-28662-5

SCM

Auch als E-Book e

Harry Voß
GEFANGEN IN ABADONIEN

Eine Reise durch die Zeit. Ein rätselhaftes Land. Ein blutiges Geheimnis. Der neue Jugendroman vom Bestseller-Autor („Der Schlunz" und „13 Wochen").

Für seine jüngere Schwester Hanna ist Alexander der große Held: Doch plötzlich verschwindet Hanna. In einer völlig anderen Welt, Abadonien, macht sich Akio zusammen mit seiner Nachbarin Silva auf den Weg, um seine von Räubern entführte Schwester zu befreien. Und plötzlich begegnen sich Alexander und Silva!

Gebunden, 14 x 21,5 cm, 288 S.,
ISBN: 978-3-417-28699-9 (SCM Verlag)
ISBN: 978-3-95568-133-3 (Bibellesebund)